Sibylle Knauss

Das Liebesgedächtnis

Sibylle Knauss

Das Liebesgedächtnis

Roman

KLÖPFER&MEYER

Beate

2004

Im Sommer zweitausendeins verliebte ich mich noch einmal und begann mein Gedächtnis zu verlieren. Es war das Jahr, in dem mein dreizehnter Roman erschien und mein Mann einen Schlaganfall erlitt, der ihn halbseitig lahmlegte. Außerdem wurde Emma geboren. Da kam ziemlich vieles zusammen, und ich nahm mir vor, später darüber zu schreiben. Aber was hieß später, wenn mein Gedächtnis sich langsam davonmachte? Zum Schreiben braucht man vor allem das. Und man braucht Zeit, die ich nicht hatte. Ich musste mich um die Pflege meines Mannes kümmern, meine Enkelin manchmal betreuen, deren Eltern beide arbeiteten, und die Bedingungen für ein heimliches Liebesverhältnis organisieren. Für eine Frau Ende sechzig ist das ziemlich viel auf einmal. Und so verschob ich das Schreiben und machte nur manchmal ein paar Aufzeichnungen. Für längere Zeit schrieb ich gar nicht mehr. Das Leben, das ich führte, hatte entschieden Priorität. Vor allem den Gedächtnisverlust verschob ich auf später. Den konnte ich zu der Zeit wirklich nicht brauchen. Jetzt aber. Ich glaube, jetzt wird es Zeit. Was ich jetzt nicht schreibe, schreibe ich niemals mehr.

Meine erste Liebe war ein Mädchen. Es hieß Elke. Es könnte sein, dass Elke fünfzehn war und ich zwölf. Sie hatte die Geigenstunde vor mir. Sie spielte wunderbar. Ich kam immer ein wenig früher und setzte mich still in den Raum, um ihr beim Geigenspiel zuzusehen. Es ging ums Sehen, nicht ums Hören. Und um ihr Vibrato. Ich wusste, ich würde es niemals lernen. In all den Jahren Geigenunterricht bekam ich nicht einmal ein Vibrato hin. So viel zu meiner Eignung für das Instrument. Trotzdem ging ich hin. Ich ging wegen Elke. Ein blasses, zartes Gesicht, dunkles kurzes Haar. Und diese wenigen Minuten, bevor ihre Stunde zu Ende war und meine begann. Nur Elke und ich und die Geigenlehrerin in einem Klassenraum, die nachmittägliche Schule verlassen, nicht ganz geheuer, still, bis auf die Töne, die Elke hervorbrachte. Sie ging, dann war ich an der Reihe. Ich war Fräulein Höfer dankbar, dass sie den Beginn meines Vorspiels ein wenig hinauszögerte, indem sie über Elke sprach, ihren Fleiß, ihre Begabung hervorhob. Wie alle Verliebten konnte ich gar nicht genug über die Frau meiner Träume hören.

Denn mit einem Traum hatte es begonnen. Ich hatte von Elke geträumt, und so war mir offenbart worden, dass ich sie liebte. Die Augen wurden mir aufgetan, und in den Pausen suchte mein Blick sie auf dem Schulhof. Ich sah sie von Weitem zwischen den Mädchen ihrer Klasse stehen, zwischen ihrem und meinem mehrere Jahrgänge, unerreichbar für mich. Dennoch war die Welt durch Elke eine andere geworden. Ich war eine Andere geworden, eine Liebende. Und obwohl die Zensur meines heterosexuellen Bewusstseins mir später jede Erinnerung an die Träume, die ich von Elke hatte, verwehrte, erinnere ich mich an die Glückseligkeit, wenn am Ende der großen Pause alles in die Klassen zurückströmte und es mir gelang, im Gedränge so nah an Elke heranzukommen, dass ich sie beinahe berührt hätte.

Es blieb die einzige gleichgeschlechtliche Liebe in meinem Leben. Sie endete, wie sie gekommen war, heimlich, über Nacht. Mein Begehren war weitergewandert, und auf dem Weg über einen mädchenhaften blonden Jüngling, eine Engelsgestalt, die mindestens zwei Jahre lang der Gegenstand meiner begehrlichen Träume blieb, kam es schließlich bei den Männern an.

Schöner Cherub. Ich erinnere mich an ihn. Damals sang ich im Kirchenchor. Er saß auf der Seitenempore und blickte zu mir hin. Ich zweifelte nicht daran, dass ich gemeint war, wenn er herübersah, obwohl da viele Mädchen im Chor waren. Heimlich hoffte ich, dass er nicht wegen Gott, sondern meinetwegen zur Kirche kam. Eine Kupplerin unter meinen Mitsängerinnen tat ein Übriges. Sie sagte, sie habe durch seine Schwester gehört, dass er sich für mich interessiere. Außerdem versprach sie, dass sie mir ein Foto von ihm besorgen wolle. Ach, hätte ich es noch! Blonde Locken. Zarte Züge. Ich glaube, ich würde bei dem Anblick noch heute etwas von dem Herzklopfen fühlen, das es damals bei mir auslöste. Sehen genügte. Ein Bild. Mehr war er nie für mich. Dann tat ich etwas Seltsames. Ich nähte das Foto, schwarzweiß, sehr gebraucht, in den Saum meines Rockes ein. Da war er bei mir. Er war körpernah. Spielte um meine Beine, wenn der Rock sie umspielte. Allerdings war er hinfort meinen Blicken entzogen.

Den Männern näherte ich mich damals über Stufen. Nach dem Sehen kam das Fühlen. Aber das Fühlen betraf vorerst nur ein Bild. Als ich ihm einmal leibhaftig im Wohnzimmer seiner Eltern begegnete – ich hatte mich mit seiner Schwester verabredet, aus keinem anderen Grund als weil sie seine Schwester war, und wartete dort auf sie – erstarrte ich zur Salzsäule. Er trat ein, sah mich an, und ich brachte kein einziges Wort heraus, woraufhin er ebenso wortlos wieder hinausging. Mir war klar, dass ich es für immer vermasselt hatte. Er hatte in meinem Schweigen die Tiefe meiner Gefühle für ihn erkennen sollen, hatte aber nur erkannt, dass ich eine Pute war. Mindestens ein Jahrzehnt später, auf einer Hochzeit, tanzte ich einmal mit ihm und kämpfte einen Tanz lang mit mir, ihm zu sagen, dass ich Jahre damit zugebracht hatte, in ihn verliebt zu sein. Aber der Tanz ging zu Ende, bevor ich mit mir im Reinen darüber war, und das Schweigen von damals gewann. Danach sah ich ihn nie wieder. Er wurde Arzt und Kettenraucher und starb mit Anfang sechzig, wovon mich dieselbe Freundin in Kenntnis setzte, die mir einst das Foto besorgt hatte.

Am Anfang war die Verführungsmacht, die von der Liebe ausging, noch nicht geschieden von meiner Frömmigkeit. Ich war ein frommes Kind, ohne dass meine Eltern mich dazu anhielten. Ich denke eher, dass ihnen die fromme Ekstase, mit der ich zu Hause Choräle sang, ein wenig peinlich war. Ich führte das Tischgebet bei uns ein, ließ jedoch davon ab, als ich sah, welche Blicke sie sich dabei zuwarfen. Ich bat Gott um Vergebung für sie, betete für das Heil ihrer Seelen und verzieh ihnen die freundliche Indifferenz, mit der sie mein geistliches Leben begleiteten. Sofern die erste Liebe ein elternfreies Terrain braucht, musste die Kirche der Ort sein, an dem sie für mich in Erscheinung trat, und ihre Verkörperung ein männlicher Engel, dessen Gottgesandtheit für mich außer Frage stand. Es war die elternabgewandte Sphäre des Lebens, aus der er kam. Und der erhobene Gemütszustand, in den mich Orgel und Chorgesang versetzten, das kaum halb Begriffene in Predigt und Liturgie, die Sakralität des gotischen Kirchenbaus waren so sehr eins mit der Erregung durch seine Gegenwart, dass das Eine vom Anderen nicht zu unterscheiden war.

Später sollte ich lernen, dass nicht jeder Mann, in den ich mich verliebte, ein Sendbote des Himmels war. Ich lernte den Unterschied zwischen Männern und Engeln. Die Männer machen es einem nicht schwer, die Lektion zu begreifen. Aber zwei Ehen und ein paar Affären danach – der blonde Engel hatte sich längst zu Tode geraucht – geschah noch einmal etwas, das mir die Erinnerung an ihn zurückbrachte. Wieder war es in der Kirche. Ich entschuldige mich nicht dafür, dass ich immer noch manchmal hingehe. Auch enthalte ich mich zu betonen, dass es nicht sehr oft vorkommt. Die meisten Predigten sind schlecht. Sie lassen mich spüren, dass es den Pfarrern, zumeist Pfarrerinnen, peinlich ist, sie halten zu müssen, so wie es mir peinlich ist, zu den Wenigen, mehrheitlich alten Frauen, zu gehören, an die sie sie adressieren. Ich warte darauf, dass sie enden, und denke solange an etwas anderes. Trotzdem umfängt mich vom ersten Ton der Orgel an eine Schönheit und Erhabenheit, die mich wehrlos macht. Etwas Betörendes, ein Charme, ein Zauber, dem auch die schlechteste Predigt nichts anhaben kann. Es hat nichts mit Glauben zu tun. Ich wünschte, man ersparte mir dieses Wort. Ich bin auch niemals unter der Last meiner Sünden zerbrochen und habe nach meiner Rechtfertigung verlangt. Aber in all dem Schlamassel, der Banalität und Verlogenheit der Welt, durch die wir uns täglich hindurchmogeln, muss es doch einen Ort geben, an dem ein Altar steht, wo Segen gespendet und Gültiges, am liebsten ewig Gültiges, gesprochen wird. Da will ich manchmal hin.

An jenem Sonntag war die Kirche voll. Ich hatte nicht gewusst, dass es sich um den Gottesdienst handelte, in dem der alte Gemeindepfarrer in den Ruhestand verabschiedet wurde. Der Posaunenchor setzte mit einem Medley aus *Jesus Christ Superstar* ein. Meine protestantische Seele ist empfänglich für Posaunen und mein Ohr für Andrew Lloyd Webber. Bei den ersten Tönen geschah es, dass ich jemanden entdeckte, der ein paar Kirchenbänke vor mir saß. Schmaler grauer Hinterkopf. Leicht abstehende Ohren. Das warst du. Wir kannten uns flüchtig. Eine Begegnung im Biergarten, eine im Supermarkt. In diesem Moment begriff ich, dass ich deinetwegen gekommen war. Es kam wie eine Erleuchtung über mich. Du konntest mich nicht sehen. Aber ich sah dich. Und als der Gottesdienst endlich zu Ende war, sah ich dich auf den Stufen draußen vor der Kirche mit irgendwem im Gespräch, und eine alte Schüchternheit hatte mich im Griff und wollte mich daran hindern, dich anzusprechen. Da sahst du mich, und ich sah, dass du dich freutest, mich zu sehen. Du ließest die Leute stehen und begrüßtest mich, und ich ging mit dir in das Gemeindehaus, wo ein Empfang für den alten Pfarrer stattfand, obwohl ich dort niemanden kannte. Niemanden außer dir.

Am nächsten Tag kaufte ich mir »Jesus Christ Superstar« als CD und war schon nicht mehr zu retten. Meine alte Seele war noch einmal in die Sphäre der Ununterscheidbarkeit von Religion und Erotik eingetreten. *He's a man*, sang Maria Magdalena, die sich ausgerechnet in Jesus verliebt hatte. *He's just a man*, sang sie in meinem Auto. *And I've had so many men before in very many ways, he's just one more …*

Ich war so weit. Jeder andere Song hätte auch gepasst. Aber dieser. Es war schon erstaunlich, wie sehr das mein eigenes Textbuch war. *He scares me so*, sang Maria Magdalena. Und am Ende: *I want him so …*

Wer schreibt diese Songs, von denen immer einer im richtigen Moment erklingt und an denen unsere Gefühle haften bleiben wie die Fliegen am Leim des Fliegenfängers, der von der Lampe hängt?

Die vierzehnjährige Kleine im Kirchenchor. Offenbar hatte etwas von ihr in mir überlebt. Ich dachte in der folgenden Zeit oft an sie und dass ich jetzt in dem Alter war, ihre Großmutter zu sein. Aber sie war ja ich, und sie verliebte sich noch einmal in mir. Denn damals vor mehr als fünfzig Jahren war sie verstummt, als es galt, nicht viel mehr als Hallo zu sagen. (Sagte man damals schon Hallo?) Ich warte auf deine Schwester. So etwas in der Art. Mädchen mussten noch nie geistreich sein, um den Jungen eine Vorlage zu liefern, es ihrerseits zu probieren. Aber das wusste ich damals nicht.

Sie war jetzt ganz auf mich angewiesen, die kleine Wiedergängerin. Wirst du sie erhören? Wird sie von dir erlöst werden? Wie sie da steht in diesem Fünfziger-Jahre-Wohnzimmer. Erbarmungswürdig. Erstarrt. Linkisch bis zum Abwinken. Das bin ich. Wirst du mich lieben können?

An diesem Kirchgangssonntag sind wir noch ganz am Anfang. Ich sehe uns da vor der Kirchentür und denke an all die Mühen, die uns bevorstanden, bis wir zueinanderkommen konnten. Liebesmühen. Ich bin alt. Es wird mich etwas kosten, sie durchzustehen. Wie es auch dich etwas kosten wird.

Ich hoffe, dass mein Gedächtnis mich nicht verlässt, bevor ich davon erzählt habe. Denn wenn es mich verlassen hat, wird auch die Kleine, die ich war, für immer verlassen sein. Und wer werde ich dann sein ohne sie? Und ohne alle die Anderen, die ich auch gewesen bin? Ich muss mich beeilen.

Keine Sorge. Da ist nichts. Es passiert allen. Namen, die du vergessen hast. Nein, du hast sie nicht vergessen. Sie sind da. Sie sind irgendwo. Du kannst die Stelle nicht finden, wo diese Namen in deinem Gedächtnis sind. Es ist die Verknüpfung, nach der du suchst. Die Namen selbst sind natürlich da, wo sie hingehören. Aber wo? Es sind so viele. Vor zweihundert Jahren hättest du ein Leben gehabt, in dem dir vielleicht nicht mehr als zweihundert Menschen begegnet wären. Du hättest sie alle gekannt. Du hättest gewusst, wo sie dir begegnet sind. Und wer mit wem auf welche Weise verwandt ist. Und wen du vermisst. Und wer dir gestohlen bleiben kann. Du hättest ein über die Jahre wachsendes Totenregister im Kopf gehabt, das mit den Namen auf den Grabsteinen am Dorfrand korrespondiert hätte. Und wenn dir jemand begegnet wäre, dann hättest du gleich gewusst, wer er ist und wo er herkommt, und den Mädchennamen seiner Mutter gekannt. Dafür war das Gedächtnis einmal gedacht.

Einmal, vor vielen Jahren, im Metropolitan Museum in New York. Da blieb eine Frau vor mir stehen, sah mich erwartungsvoll an. Es war keine flüchtige Bekannte. Ich hatte sie vielleicht zwei Jahre zuvor in ihrem Atelier besucht, eine Malerin, deren Kunst mich interessierte und mit der ich eine Zeit lang korrespondiert hatte. Witzige, geistreiche Briefe, die von ihr kamen. Eine durchaus bemerkenswerte Frau, mit der sich fast so etwas wie eine Freundschaft entwickelt hatte. Und ich erkannte sie nicht. Es war nicht nur der Name, der mir nicht einfiel, sondern die ganze Person fiel mir nicht mehr ein. Nicht hier. Nicht im Museum. Nicht in New York. Offenbar leben die Menschen, die unser Gedächtnis bewohnen, dort nicht in einem leeren Raum, sondern in der je eigenen Welt, die wir ihnen zuweisen, und treffen wir sie woanders an, kommt es zu Fehlleistungen der Erinnerung bis zu dem vollkommenen Ausfall, wie ich ihn damals in New York erlebte. Aber ich will mich nicht herausreden. Es war ganz meine eigene Fehlleistung. Die Beschämung sitzt heute noch tief in mir, und ich fand nie wieder zu einem unbefangenen Umgang mit dieser Malerin zurück.

Wann fing das an? Diese Schwäche meines Personengedächtnisses? Und ist das wirklich ausreichend als Erklärung, dass es so viele sind, die man kennen soll? Nicht allein alle, denen man persönlich begegnet ist, sondern auch alle die Promis und Politiker, Popstars, Moderatoren, Buchautoren diverser Nationalitäten samt den Titeln ihrer Werke und dem Personal der Romane, Filme, deren Regisseure und Hauptdarsteller – und, ach: die Historie und ihre Protagonisten, Feldherren, Könige, ganz zu schweigen von den Dramen, die ihre Großtaten zum Stoff haben, und deren Autoren. Komponisten, Musikinterpreten, Maler, Jahrhunderte auf und ab, kein Ende, Säle um Säle. Es ist nahezu übermenschlich. Aber dennoch: woher diese Panik, die in dir hochsteigt, wenn dir eine Person entgegenkommt, deren Name dir nicht einfallen will, drei Schritte, zwei, noch ein Schritt, unter dir ein Abgrund von Angst, Verwirrung und Peinlichkeit. Hallo, sagst du und lächelst so liebenswürdig, wie es möglich ist, und manchmal lässt du dich ein auf ein viel zu langes Gespräch mit ihr, während du auf einen Hinweis lauerst, und dann fragt diese Person dich plötzlich nach deinem Namen, und du kannst froh sein, wenn er dir einfällt.

Aber heute war da etwas anderes. Ich hatte ein paar Freundinnen bei mir zum Tee, und dann kam dieser Augenblick, in dem plötzlich mein ganzes Konversationsprogramm abgestürzt ist. Irgendetwas war falsch, und ich wusste nicht was. Ich gab eine dieser Geschichten zum Besten, mit denen man in Gesellschaft auf sich aufmerksam macht. Sie handelte von den alten Männern in meinem Freundeskreis, von denen es plötzlich so viele gibt. Sie werden heutzutage neunzig und kein Gedanke ans Altersheim. Früher, höre ich mich sagen, hätten die längst mit dem Kopf gewackelt, und heute sind sie auf parship.de und suchen nach jüngeren Frauen.

Was ist falsch an dem, was ich sage? Ich weiß, dass irgendetwas nicht stimmt. An den Rändern meines Bewusstseins taucht etwas auf. Etwas Peinliches. Eine Blamage. Etwas, das ich nicht zulassen kann. Doch gleichzeitig ist es das, was ich suche. Und ich ahne bereits etwas.

Altersunterschied.de, sagt meine Freundin Irene, deren Gefährte zehn Jahre jünger ist als sie. Habt ihr davon schon gehört? Die Partnerbörse für alle, die sich noch einmal jung fühlen wollen.

Das Palaver, das jetzt entsteht, muss ich nutzen, um einmal tief Luft zu holen und auf den Grund meiner Angst und Verwirrung zu tauchen. Da ist es: Dieselbe Geschichte habe ich an diesem Abend schon einmal erzählt. Ich bin so starr vor Entsetzen über mich, dass ich nicht einmal fähig bin, einfach zu sagen: Hoppla, ich glaube, ich habe euch das schon erzählt. Stattdessen bringe ich es zu Ende: vier neunzigste Geburtstage in diesem Jahr und alle vier Greise putzmunter und topfit.

Haben meine Freundinnen nichts gemerkt? Sie bleiben höflich, indifferent, genauso wie sie es sein werden, wenn ich dasselbe zum dritten Mal bringe. Sie werden mir nie etwas sagen. Sie werden ein wenig seltener anrufen, seltener vorbeikommen. Schließlich werde ich von einigen nichts mehr hören, und andere (Carola? Brigitte?) werden sich meiner annehmen. Sie werden es aufgrund entschieden gefasster Vorsätze tun und sich mit einer Geduld wappnen, die sie mit den Grenzen ihrer Selbstbeherrschung bekannt machen wird.

Aber so weit ist es ja noch nicht. Es ist ein frühes, ein ganz vereinzeltes (wirklich?) Foreshadowing. Weiter nichts. Weiter nichts? Wenn es das ist, dann wird es irgendwann auch ein Pay off geben. Foreshadowing. Pay off. Begriffe aus der Zeit, als ich Dramaturgieseminare gab. Bin gespannt, wann ich sie vergessen haben werde. Schlechter Witz. Habe ich sie vergessen, dann habe ich sie vergessen. Ein ganz schlechter Witz ist das. Ich sehe den Abfluss eines Küchenbeckens vor mir, in dem das Spülwasser mit einem hässlichen Gurgeln in immer schnellerer Abwärtsspirale verschwindet. Der Sog. Die Spirale der Leerung, die sich beschleunigt, immer enger wird.

So fing es bei meiner Mutter an. Immer dieselben Geschichten. Oma, das hast du uns schon erzählt. Ach ja? Aber es half nichts. Sie würde es bald wieder tun.

Ich habe es immerhin noch gemerkt. Aber ich weiß, dass es eine ziemlich billige Ausflucht ist. Noch. Noch merke ich so etwas. Aber wenn ich es nicht mehr merke, dann merke ich das ja nicht. Der Abfluss rauscht. Das Wasser gurgelt. Mein Leben wird in dem Strudel einer großen Tautologie verschwinden.

Steck mich in ein Heim, hat meine Mutter gesagt. Da war sie etwa so alt, wie ich es heute bin. Und dann, ein paar Jahre später, habe ich sie in ein Heim gesteckt.

Ich dachte nur, ja, ich war sicher, dass ich vielleicht etwas mehr Zeit als sie habe, bis es bei mir beginnt. Ich glaubte, ich wäre doch irgendwie aktiver als sie gewesen, geistig und körperlich. Viel Fahrradfahren und Joggen. Meine Mutter hat das nie gemacht. Man kann manchmal lesen, dass es damit zu tun haben soll. Viel Bewegung.

Aber die Vorzeichen. Wie hieß noch einmal das Wort dafür?

Sollte ein Witz sein.

Diese wundervolle starke kleine Person, meine Enkelin. Mit zweieinhalb Jahren bereits fit für den bösen Wolf. Rotkäppchen. Die sieben Geißlein. Wir füllen die Wackersteine in seinen Bauch. Wir lassen den Kerl krepieren. Wir sind so froh und erleichtert, wenn er endlich im Brunnen liegt. Wir sehen die Bilder im Märchenbuch. Wir sind dabei, wenn die Geißlein um den Brunnen herumtanzen. Sie sehen im Buch eher wie kleine erlöste Geister als wie Geißlein aus. Wir fassen uns an den Händen, wie sie es tun. Macht nichts, dass sie keine haben. Hauptsache, der böse Wolf ist tot.

Emma kooperiert beim Zähneputzen und schläft sanft wie ein Lämmchen ein. Als ich später am Abend die Wohnungstür aufschließe, geht gerade das Telefon, und ich höre schon am Läuten, dass du es bist.

Jetzet, sagst du.

Jetzet, sage ich.

Es ist das einzige Wort auf Schwäbisch, das ich in meinen aktiven Wortschatz übernommen habe. Mir fällt nichts Hochdeutsches dafür ein. Nun? Endlich? Alors. Da sind wir. *Here we are*. Es heißt, dass du auf diesen Moment gewartet hast. Auch ich habe darauf gewartet. Und du sagst mir damit, dass du es weißt. Das kleine Wort erlaubt uns eine Pause, in der wir ihm nachhorchen. Wir sind beide keine begabten Telefonierer. Doch wir haben dazugelernt. Am liebsten würde ich – weißt du das? – nur deiner Stimme am

Telefon zuhören und gar nichts sagen. Deine Stimme ist tief, sehr tief. Selbst auf deinem Anrufbeantworter ist sie betörend für mich gewesen. Jetzt hast du dort leider nur noch die Standardansage.

Gibt es kluge Stimmen? Deine Stimme ist klug. Sie verrät, dass du musikalisch bist. Dieses Instrument, das wir haben. Ist das nur einfach da, angeboren wie unsere Augen- und Haarfarbe? Und invariabel? Oder kann auch unsere Stimme ein Schicksal haben, ein Leben, das in ihr reift? Trägt sie nicht die Spuren von Flüchen und Streitereien und Missbräuchen aller Art? Der Kasernenhofton des Lebens, die Anschrei-Hierarchien und Keifereien, die üblen Nachreden, Lügen, die falschen Versprechungen, Schmähungen, Aufwieglereien, haben die nicht ihre Spuren hinterlassen an dem Instrument, das uns angeboren ist? Und auch das Sanfte und Schöne und Wundervolle, das wir darauf hervorgebracht haben? Und die aufrichtigen Worte zur rechten Zeit. Es scheint mir, dass ich von Anfang an deine Stimme geliebt habe wegen all dessen, wozu sie gebraucht wurde. Sie scheint mir genau für die Liebesworte gemacht, die du damit zu mir sprichst. Auch am Telefon.

Habe ich gewählt, als ich dich wählte? War ich klug, dass ich dich fand?

Ach, ich war bedürftig. Das war die einzige Klugheit, die ich besaß. Und auch du warst bedürftig.

Aber wir erkannten unsere Bedürftigkeit nicht. Damals sprachen wir über alles, nur nicht über unsere Bedürftigkeit. Dabei wusste ich doch, wie es geht. Ich hatte es ausführlich mit den Studenten behandelt. »Dramaturgie der Liebe« am Beispiel erotischer Filmkomödien. *Shakespeare in Love. Harry and Sally. Stolz und Vorurteil.*

Ein höchst anziehender Mann, schön, sexy, erfolgreich etc., trifft höchst anziehende Frau, schön, sexy, erfolgreich etc., fabelhafte Dialoge, tolle Performance etc. – ihre Geschichte lässt uns eiskalt. Doch irgendwann entdecken wir den verklemmten, schüchternen, einsamen Mann in ihm und die verklemmte, schüchterne, einsame Frau in ihr. Diese beiden reden sich um Kopf und Kragen, sie missverstehen, sie blamieren sich, sie verlieren ihre Fassung und stehen plötzlich in ihrer ganzen Bedürftigkeit voreinander da. Die Bedürftigkeit ist ihre Nacktheit, ob wir sie sehen oder nicht. Das ist der Moment, in dem wir bei ihnen sind und sie bei sich. Und wir geben alles dafür, um ihn zu erleben. Das Wunder der Liebe ist nicht, dass Begegnung zustande kommt. Das Wunder ist die Enthüllung der Bedürftigkeit. Und dass sie sich so lange verhüllen kann, bis ihr Moment gekommen ist. Ein großer Auftritt. Sieg und Kapitulation in einem. Man muss sehr tapfer sein, um ihn zu bestehen. Barmherzigkeit üben. Der tiefste zitternde innere Kern ist Barmherzigkeit.

Ich war wohl klug, dass ich dich fand. Doch es war meine Bedürftigkeit, die dich gefunden hat. Sie war klug. Es war eine Nach-dir-Bedürftigkeit. Deine Güte hat Sex-Appeal für mich. Deine Aufrichtigkeit. Deine Mitmenschlichkeit. Deine Sanftmut. Deine Fürsorglichkeit. Deine Freundlichkeit. Deine Wärme. Deine Einsichtsfähigkeit. Die Klugheit und Menschenkenntnis, die du besitzt. Das alles hat Sex-Appeal für mich. Und wenn ich Sex-Appeal sage, dann meine ich Sex-Appeal. Ich meine Rausch und Betörung und Lust und Leidenschaft. Die Zeit der Wölfe ist vorbei. Du bist der erste Mann, der gütig, aufrichtig, zärtlich ist – und den ich trotzdem lieben kann.

Denn ich habe meine Lust an den Wölfen gehabt. Ich wurde nicht vom Unglück verfolgt, sie zu lieben. Ich suchte sie. Und sie gingen in der Nacht um und suchten mich, und ich ließ mich finden. Ich liebte ihre Verschlagenheit. Ihre Kunst, sich zu verbergen und plötzlich, wie aus dem Hinterhalt, da zu sein. Ich liebte ihre Verführungsmacht, die Gewalt, die noch in ihren zärtlichsten Gesten auf mich lauerte. Ich liebte den Hunger, mit dem sie verschlangen, was sich ihnen darbot. Mich. Denn Wölfe sind immer hungrig. Sie sind unersättlich. Sie brauchen immer mehr von dir, als du ihnen geben kannst. Dann geben sie dir ihre Wut zu kosten. Und die Wut der Wölfe ist fürchterlich. Du solltest sie niemals wecken. Sie sind nicht barmherzig.

Das ist der wölfischste Teil in ihnen. Dass sie nicht barmherzig sind. Traurig ja. Und verloren. Und einsam, dass es zum Erschauern ist. Aber barmherzig niemals. Warte nicht darauf. Du wartest vergebens. Ich liebte das Geheimnis, das um sie ist. Das Rätsel ihres Verschwindens von Zeit zu Zeit. Die Ungewissheit, wann sie wieder nachts aus dem Dunkel auftauchen, Hunger im Blick und den Anflug einer Zerknirschung, die, wenn sie nicht Wölfe wären, sie zum Hund machen könnte. Das wissen sie, und sie fürchten es. Und du fragst, wo bist du gewesen? Aber das ist die Frage, die du den Wölfen nie stellen darfst. Sie kennen Mittel und Wege, um dich zu bestrafen, wenn du es tust. Sie lassen es dich bereuen. Verlass dich darauf. Deine Reue erzeugt am Ende in ihnen so etwas wie eine mürrische, rasch sich erschöpfende Beinahe-Zärtlichkeit, und du begreifst, dass es das Äußerste ist, was du von ihnen erwarten kannst, und nimmst es für das, was du niemals von ihnen bekommen wirst. So geht die wölfische Liebe.

Es ist nichts Besonderes daran, wie man sieht. Ein ganz gewöhnlicher Teufelskreis aus Begehren, Unterwerfung, Lüge und Appetit auf Verbotenes.

Ja, sagst du am Telefon.

Ja. Wir haben beide bestimmt schon eine Million Mal ja gesagt. Es ist das schönste Wort. Es kommt gleich nach jetzet. Ja.

Ich bin allerdings nicht sicher, ob du den Wolfspakt verstanden hast. Aber du musst ihn auch nicht verstehen. Bitte versteh ihn nicht.

Sehen wir uns am Freitag?

Ja.

Ja.

Die Geißlein tanzen um den Brunnenrand herum. Der Wolf ist tot.

Seit jenem Abend kurz vor Weihnachten habe ich nichts Verdächtiges mehr an mir beobachtet. Die ganze Weihnachtslogistik, Beschenkung, Bewirtung und Unterbringung der Kinder und ihrer Familien, ist, wie in jedem Jahr, anstandslos von mir bewältigt worden. Allerdings strengt es mich mehr an, als es das früher tat, und ich denke: Wie oft noch werde ich (muss ich, darf ich) das alles tun? Die Zukunft, das heißt ihr Ende, ist absehbarer geworden. Zustände gehen in andere Zustände über, die auch keine Zustände sind, sondern ihrerseits übergehen. Veränderungen sind fühlbarer, wenn man sie nicht herbeiführt, sondern an sich erfährt. Als habe man einen Berg erstiegen und merke erst jetzt, da man oben steht, dass es kein Berg, sondern eine Wanderdüne ist. Der Wind bläst. Der Sand rieselt. Ein leises, feines Ziehen unter den Sohlen.

Nichts Verdächtiges mehr? Doch da war etwas. Jemand hat eine Bemerkung gemacht. Etwas Kränkendes? Nicht direkt. Es betraf meine Küche. War etwas misslungen, das ich aufgetischt habe? Nein, da war etwas anderes. Etwas, das wie ein kleiner vergifteter Pfeil in meinem Bewusstsein steckt. Zieh ihn heraus und betrachte ihn. Sonst gibt er keine Ruh.

Du kochst immer dasselbe, wenn wir kommen, hat einer der Söhne gesagt.

Ist das wahr? Wie meine Mutter? (Bin ich schon so weit?)

Wenigstens ist es kein Zungenragout mit Rosinen, sagte er. Weißt du noch? Immer am ersten Abend gab es dieses Zungenragout bei ihr. War irgendwie das letzte Kochrezept, das sie noch drauf hatte. Als Kind fand ich es fürchterlich. Aber eigentlich möchte ich noch einmal im Leben Zungenragout à la Großmutter essen. Kannst du das nicht mal machen? Nur zur Abwechslung.

Ich weiß genau, was er meint. Der Geschmack davon ist in meinem Geschmacksgedächtnis sofort abrufbar. Auf die süßliche Art fad. In der weißlichen Soße schwimmende Scheiben von Dosenchampignons. Das Fleisch so weich, dass man es lutschen konnte. Willkommen daheim.

Niemand kocht heute mehr Zunge, sage ich. Früher lagen die Dinger in den Kühltheken der Metzgereien. Keine Ahnung, was die heute damit machen.

Dann etwas anderes Ekliges, sagt mein Sohn.

Ist das eklig genug? Ich zeige auf den Haufen der Abfälle, die beim Putzen der Salzheringe übrig geblieben sind. Gräten, Fischköpfe, Innereien. Milchiges Zeug aus den Keimdrüsen männlicher Fische.

Oh, sagt er, Heringssalat. Machst du auch jedes Jahr.

Und lässt mich mit stinkenden Händen bei meinen Fischköpfen.

Es ist wahr. Seit einiger Zeit mache ich keine Küchenexperimente mehr. Ich halte mich ans Bewährte und Unkomplizierte. Salate. Kurzgebratenes. Nichts, was kurz vor dem Servieren noch dramatisch misslingen, verklumpen, gerinnen, zusammenfallen kann. Wem's nicht schmeckt, der darf mich gerne ins Restaurant ausführen. Wie lange ist es her, seit ich das letzte Mal Gäste bewirtet habe? So richtig? Mehrere Gänge und volles Risiko? Ein Jahr? Zwei Jahre? Ich meine nicht die Familie. Ich meine Gäste, bei denen eine Blamage richtig blamabel ist.

Ich betrachte den kleinen vergifteten Pfeil in meiner Hand. Betrachte ihn genau! Von allen Seiten! Richtig: Es fällt mir nichts ein, was ich kochen will. Ja, es gibt Kochbücher. Ja, ich habe ein ganzes Küchenregal voll davon. Aber … Aber? Das Meiste darin ist mir einfach zu kompliziert.

Es wird damit enden, dass du immer wieder dieselben drei Gerichte kochst. Dann zwei, dann eins. Du weißt, dass es so enden wird.

Ich weiß. Aber wenigstens wird es kein Zungenragout mit Rosinen sein.

Gerade habe ich lange nach dieser Datei gesucht. Leider herrscht keine Ordnung auf meiner Festplatte. Ziemlich viel Kraut und Rüben. Rechnungen. Briefe. Anfänge etlicher Romane, die nach ein paar Seiten versandet sind. Tagelang Dokumente geöffnet, gelesen, und dann, obwohl einiges peinlich war, doch nicht gelöscht. Endlich etwas gefunden. Dateiname »Dezember«. Keine Ahnung, was das bedeuten soll. Ich versuche, die Datei dieses Namens zu öffnen. *Geben Sie bitte das Kennwort ein.* Welches Kennwort? Ich bin sicher, dass ich nie ein Kennwort eingegeben habe. Warum sollte ich meine Dateien verschlüsseln? Mir ist sofort klar, dass sich jemand an meinem Notebook zu schaffen gemacht hat. Aber wer? Irgendjemand, der Zugang zu meinem Arbeitszimmer hat. Meine Putzfrau? Meine Freundin Angelika, die manchmal bei mir übernachtet, wenn sie mit ihrem Mann Krach hat? Aber warum sollte sie das tun? In mir keimt ein böser Verdacht. Sie schläft dann auf der Ausziehcouch in dem Raum, in dem mein Schreibtisch steht. Die Tür ist geschlossen. Die Nacht ist lang. Und manchmal schläft sie auch dort, wenn ich nicht zu Hause bin. Je länger ich darüber nachdenke, desto plausibler wird es für mich. Sie ist Schriftstellerin wie ich. Und sie scannt mein virtuelles Büro nach Ideen für ihre Romane ab. Ich bin außer mir vor Empörung. Meine privaten Aufzeichnungen. Mir fällt ein, dass ich sie im Dezember vergangenen Jahres begonnen habe. Daher der Dateiname. Aber niemals verschlüsselt. Nicht von mir. Oder kann es doch meine Putzfrau sein? Schnüffelt sie hinter mir her? Ist sie beauftragt von jemandem, der sich für mein Privatleben interessiert? Aber wer? Wer hat ein Interesse daran, mich am Zugang zu meiner eigenen Datei zu hindern?

Die Unsinnigkeit dieser Frage macht mich wütend. Und meine Wut richtet sich mehr und mehr gegen mein Notebook als solches. Das Ding, das da vor mir steht. Ich möchte es am liebsten misshandeln, so voller Heimtücke, wie es steckt, so voller tief mir verborgener böser Absichten gegen mich. Die Heimtücke von Dingen, die sich verweigern, statt nach meinem Willen zu funktionieren, hat mich schon in meiner Kindheit zur Weißglut gebracht. Schiefertafeln an die Wand geworfen, auf denen man damals noch schreiben lernte. Das möchte ich jetzt mit dem Notebook tun. Warum tut es mir das an? Habe ich das verdient, nur weil ich vielleicht einmal eine falsche Taste gedrückt habe? *Möchten Sie für diese Datei ein Kennwort eingeben?* Und versehentlich ja gedrückt? So und nicht anders muss es gewesen sein. Es kann meine Empörung nicht mindern, dass sie sich gegen ein Ding richtet statt gegen

Personen. (Ist das überhaupt noch ein Ding? Trifft diese Bezeichnung noch auf diese vertrackten kleinen Datenverwaltungsmaschinen zu, die man uns in den neunziger Jahren aufgedrängt hat, obwohl wir nicht danach gerufen haben, und jetzt können wir zusehen, wie wir damit klarkommen?)

Ich rufe meine Söhne an, denjenigen von ihnen, den ich zuerst erreichen kann. Ich bin sehr sparsam mit Anrufen während ihrer Bürozeiten, kann ich von mir sagen. Aber dies ist ein Notfall, befinde ich. Ich brauche einfach jemanden, der meine Empörung teilt.

Chateaubriand, sagt mein Sohn.

Was heißt das?

Das ist dein Kennwort, sagt er.

Wie kommst du darauf?

Weihnachten hast du mir gesagt, dass ich mir das merken soll. Für den Fall, dass du es selbst vergisst. Und ich habe es mir gemerkt. Und du hast es vergessen, wie es scheint. Okay, hier ist es: Chateaubriand.

Danke, sage ich.

Keine Ursache, sagt mein Sohn. Weißt du übrigens noch, wie es geschrieben wird?

Wofür hältst du mich?

Alles steht wieder klar vor meinem Bewusstsein. *Mémoires d'outre-tombe*. Erinnerungen von der anderen Seite des Grabes. Der Titel des Hauptwerks von Chateaubriand. Vielleicht war es ein bisschen übertrieben, vielleicht ein bisschen zu sophisticated, dieses Kennwort zu wählen für ein simples Tagebuch, mit dem ich meinen gedächtnistechnischen Fehlleistungen entgegenwirken will. Trotzdem eigentlich eine charmante Idee, finde ich. Kann ich mir keine charmanten Ideen mehr leisten?

Ach was, sagt mein Sohn, schon in Ordnung. Kann jedem passieren.

Es kommt mir so vor, als hörte ich das in letzter Zeit öfter: Kann jedem passieren.

Aber bitte entschuldige mich jetzt.

Ich kenne das, sie haben immer ein anderes Gespräch auf einer anderen Leitung. Natürlich, sage ich. Danke, du hast mir geholfen.

Chateaubriand. Sesam öffne dich. Es funktioniert. Plötzlich erscheint es mir unfehlbar und genial, was ich vorhabe: mein Gedächtnis auszulagern auf die Festplatte meines Notebooks. Sicher. Verschlüsselt. Natürlich muss es verschlüsselt sein. Ich sehe jetzt ein, dass es eine gute Idee von mir gewesen ist, es zu verschlüsseln. Für den Fall, dass meine Putzfrau … oder Angelika … Ganz sicher sein kann man nie. Und ich bin nicht mehr so naiv, wie ich es früher war. Dinge kommen mir abhanden. Schlüssel. Taschenkalender. Ich habe so viel verloren in letzter Zeit. Vor ein paar Tagen den Ordner, in dem ich die Belege sammle, die ich beim Finanzamt einreichen will. Mich sehr aufgeregt. Alle

Ordner durchsucht. Festgestellt, dass auch in anderen Ordnern etwas fehlte. Unbegreiflich. Versicherungsunterlagen. Arztrechnungen. Als wenn sich jemand an meinen Ordnern zu schaffen gemacht hätte. Nachts aufgestanden. Noch einmal alles durchsucht. Den Vorsatz gefasst, das Schloss der Haustür austauschen zu lassen. Überlegt, wer alles den Schlüssel hat. Nicht dass ich meinen Schwiegertöchtern misstraute. Aber wer weiß, wo sie ihn herumliegen lassen. In welche Hände mein Schlüssel geraten kann. Am nächsten Morgen früh telefoniert mit Yvonne. Ihr geschildert, was ich entdeckt habe. Unterlagen verschwunden. Jemand hat in meinen Ordnern herumgewühlt.

Ja, das war ich, sagt Yvonne.

Sie hat mir geholfen, die Unterlagen fürs Finanzamt zusammenzustellen, und hat sie schon zum Steuerberater gebracht. Warum sagt sie mir nichts davon?

Ich sage es dir ja gerade.

Ich bin so erleichtert. Yvonne ist ein Schatz. Aber das Schloss möchte ich trotzdem austauschen lassen. Obwohl Yvonne dagegen ist. Den Hausverwalter angerufen. Er ist auch dagegen. Behauptet, für die anderen Wohnungen im Haus müssten dann auch die Schlösser ausgetauscht werden, weil es sich um eine Schließanlage handle. Ich denke aber, so einfach lasse ich mich nicht von meinem Vorhaben abbringen. Ist es nicht legitim, dass man sich schützen will?

Manchmal wache ich nachts auf und erschrecke fürchterlich. Ich höre jemanden atmen in meinem Schlafzimmer. Er muss ganz nah bei mir sein. Das Schrecklichste überhaupt. Aufwachen. Und da ist jemand. Ich höre den Atem der Dunkelheit neben mir.

Und dann fällt mir ein, dass du es bist. Du bist bei mir. Im Fastdunkel meines Schlafzimmers erkenne ich dich. Du schläfst auf dem Bauch, die Arme weit ausgestreckt, dein Gesicht zu mir gewandt. Die Silhouette deiner eckigen Schultern rührt mich, weil sie mich an den Jungen erinnert, der du einmal warst und den ich nicht gekannt habe. Ich kann ihn in dir sehen. Ich habe Augen, die ihn in dir sehen können. Er ist jetzt über siebzig, hat immer noch diesen schmalen Kopf und seltsam geformte Ohren, die an Spock aus *Raumschiff Enterprise* erinnern. Aber das weiß er nicht, denn zu den höchstens zehn Filmen, die er in seinem Leben gesehen hat, gehört bestimmt nicht *Raumschiff Enterprise*. Überhaupt nichts Popkulturelles. Der Junge wird sein Leben lang, ein Leben, das die Jahrzehnte von Scorsese, Kubrick, Spielberg, Terry Gilliam, Peter Weir … umfasst, kaum je ins Kino gehen. Und keinen Fernseher besitzen. Auch kein Internet. Du habest das nicht gebraucht, sagst du. Es gebe Bücher und Zeitungen. Da erführest du schon mehr, als du wissen willst. Ich kann das nicht verstehen.

Auf diese Weise weißt du doch gar nicht, in welcher Welt wir leben, sage ich.

Aber ich weiß, in welcher Welt ich lebe, sagst du.

Ich bin nicht einverstanden damit. Lerne aber, dass die Liebe kein Einverstandensein braucht. Wenn meine Augen sich an das Fastdunkel in der Nacht gewöhnt haben, sehe ich dein Schlafgesicht. Deine Züge erschlafft, dein Mund leicht geöffnet, die Falten um vieles plastischer als bei Tag, deine Nase noch schärfer als gewöhnlich hervortretend. Ich erinnere mich, wie ich beim ersten Mal, als du neben mir eingeschlafen bist, Angst hatte, dich zu betrachten. Ein Schlafgesicht verrät zu viel. Und das Schlafgesicht eines alten Menschen verrät so vieles, was man lieber nicht wissen will. Es hätte hässlich sein können, dein Schlafgesicht, und das wollte ich nicht sehen. Und ich war so erleichtert und bin es noch jedes Mal, wenn ich dir beim Schlafen zusehe. Der Schlaf verwandelt dich, das ist wahr. Er macht dich fremder für mich. Aber auch mit diesem fremden Gesicht gefällst du mir. Das ist mehr, als man erwarten kann in unserem Alter. Ich habe dich nie gefragt, ob du mein Schlafgesicht lieben kannst. Ob dich das Fremde und Hässliche darin nicht abstößt. Doch ich brauche nicht zu fragen. Ich weiß, was du antwortest.

Vermutlich sind wir beide hässlich. Mit den Augen junger Menschen gesehen, müssen wir hässlich sein.

Und ich kann sie verstehen. Auch mir gefalle ich nicht mehr. Ich weiß, gegeben mein Alter von bald siebzig Jahren, könnte es schlimmer sein mit mir. Ich lasse meine Haare färben, verwende zu teure Kosmetika und habe nicht mehr als vielleicht drei, vier Kilo, die ich zum Teufel wünsche. Aber was mir aus den Spiegeln entgegenkommt, das muss sich trotzdem jedes Mal bei mir entschuldigen. Sorry, das bist du. Tut mir leid für dich.

Wie kann ich es wagen, mich für dich auszuziehen? Und wie kommst du darauf, dass du dich für mich ausziehen darfst?

Eine Verwandlung geht mit uns vor, die radikaler ist als die unserer Gesichter im Schlaf. Sie macht Liebende aus uns, übergießt uns mit Schönheit, dich für mich, mich für dich. Wahrscheinlich macht sie sich zunutze, dass wir nicht mehr gut sehen. Egal. Wir gestehen ihr das zu und nehmen unsere Brillen ab, die ohnehin bei der Liebe hinderlich sind. Die Schönheit, die sich uns offenbart – denn es ist eine Offenbarung, die uns zuteilwird – überwältigt uns. Wir schließen unsere Augen, weil sie uns blendet. Wir ertasten sie. Bist das alles du?, fragst du. Ich erkenne an dieser Frage – dass du sie zu stellen verstehst – deine Begabung zum Liebhaber.

Als du sie zum ersten Mal stellst, sind wir noch lange nicht so weit. Du hast mir in den Mantel geholfen und stehst hinter mir, und du lässt deine Hände über meine Brüste gleiten. Ich drehe mich zu dir um und hoffe, dass du weitermachst. Ich muss gehen, sage ich. Dabei hoffe ich es so verzweifelt. Aber du sagst: Auf Wiedersehen, und gibst mir die Hand. Du bringst es fertig, mir die Hand zu geben! Ich kann es nicht glauben, dass ein Mann so ausgesucht grausam ist. So vollkommen kalt. Auf Wiedersehen, sage ich. Und indem ich mich von dir wegdrehe, hoffe ich, dass du mich noch einmal von hinten umfasst. Ich verzögere meinen Weggang um ein Weniges, weiß aber, dass ich mich unsterblich vor dir blamiere, wenn ich nicht jetzt, gleich, sofort gehe. Und dann gehe ich. Und es wird drei Wochen dauern, bis ich dich wiedersehen kann. So sind die Spielregeln. So waren sie. Bevor du sie endlich! endlich! endlich gebrochen hast.

Vielleicht lag es daran, dass du keine Filme kennst. So hast du deine eigene Dramaturgie in der Liebe. Eine altmodische Dramaturgie. Getrennte Königskinder. Die älteste für Lovestorys überhaupt. Und unübertroffen. Ich habe es den Studenten im Dramaturgieseminar gepredigt noch und noch. Aber es hat nichts genützt. In ihren Büchern stürzen die Paare sofort ineinander, geraten routiniert außer sich und kopulieren. Offenbar liebt jede Generation auf ihre eigene Art. Mein entschiedenes Werben für Liebeshindernisse, die die zukünftig Liebenden zu ihrer Überwindung ansporen, um schließlich in einem späten, bis zur Unerträglichkeit hinausgeschobenen Liebesakt zu kulminieren, hat nichts genützt. Ich habe genau gespürt, wie hoffnungslos gestrig mein dramaturgisches Liebeskonzept für sie war.

Und, siehe da, es war deines. Glücklicherweise sind wir beide alt genug, um darauf eingeschworen zu sein.

Die Kinder sind aus dem Urlaub zurück. Zum Mittagessen mit Christian in dem Gartenlokal am Neckar. Herrlicher Spätsommertag. Der Himmel schon von dem tieferen Blau, das er erst um diese Zeit des Jahres gewinnt. Unter den Trauerweiden am Ufer die Schwäne so blendend weiß wie die Wolken über uns. Ihr stilles Dahinziehen. Ihr Gleiten. Ich suche nach Versen. Nach etwas von BennTraklHölderlin. Verse, die mich vorzeiten für diese Schönheit empfänglich gemacht haben, deren Epiphanie sich gerade vor meinen Augen zuträgt. Die Verse sind da. Sie sind in mir. Ich finde sie aber ausgerechnet jetzt und hier nicht, da ich auf sie zugreifen möchte. Die Suche danach lenkt mich ab von dem, was mein Sohn sagt.

Hörst du mir zu?, fragt er.

Natürlich.

Hast du verstanden, was ich dir sagen will?

Ich bin so glücklich, dass er mit mir ausgegangen ist. Nur wir beide. Es ist ein Glück, das mir sehr selten zuteilwird. Ich kann es nicht von ihm verlangen, würde das auch niemals tun, dass er seine Mittagspause für mich opfert. Der Vorschlag kam von ihm. Seit sie erwachsen sind und schon lange nicht mehr mit mir leben, gibt es für mich dieses sparsam dosierte Glück. Ich fiebere solchen Treffen mit ihnen entgegen wie einem Rendezvous, mache mich schön dafür. Meistens sind ja die Schwiegertöchter und die Kinder dabei, wenn ich meine Söhne sehe. Das ist etwas anderes. Bei solchen Gelegenheiten bin ich viel älter. Da bin ich Großmutter. Doch hier und jetzt bin ich die Frau, die mein Sohn ausführt. Wir sind das Mutter-und-Sohn-Paar, jeder kann es sehen.

Was wolltest du mir denn sagen?

Ich bin immer noch mit der Suche nach den Versen beschäftigt. Die Suche beginnt, mich zu quälen. Ich fühle die in mir wachsende Konfusion, in die mich die Suche nach Gedächtnisinhalten immer stürzt. Sie wird obsessiv, verlangt alle Konzentration von mir. Sie hat mich in ihrer Gewalt. Ich bin wehrlos und kann mich ihr nicht widersetzen. Bis ich – oh, welche Erlösung – gefunden habe, was so gebieterisch verlangt, von mir gefunden zu werden. Gedichte sind nicht einmal die schwierigste Übung. Da ist ein Rhythmus, eine gewisse Sprachmelodie, die ich häufig eher in mir finde als die dazugehörigen Worte.

Mutter!, sagt mein Sohn. Ich weiß, es ist nicht leicht für dich.

Ich bin sehr nah daran. Das fühle ich.

Glaub nicht, dass es leicht für mich ist, höre ich ihn sagen.

Trakl. Es ist Trakl. Der letzte Vers erscheint zuerst. Ruhe und Schweigen. Und dann ist die ganze Strophe da. Der Schwan schüttelt sein Gefieder und gleitet unter den Weidenzweigen fort aus dem Bild. Er kommt gar nicht vor. Das war der Fetzen Hölderlin, der mir dazwischenkam. Trunkene Schwäne.

Ich weiß, Christian mag es, wenn ich ungefragt Gedichte aufsage. Er liebt es. Meinen Söhnen blieb nie etwas anderes übrig, als es zu lieben. Denn ich habe es immer getan. Und sie haben immer gewusst, es gibt schlimmere Arten für Mütter, verrückt zu sein.

Es ist der Liebe milde Zeit, sage ich.

Wie bitte?, sagt mein Sohn.

Es ist der Liebe milde Zeit. Im Kahn den blauen Fluss hinunter. Wie schön sich Bild an Bildchen reiht – Das geht in Ruh und Schweigen unter … Trakl … Gewaltig endet so das Jahr mit goldnem Wein und Frucht der Gärten …

Mutter, du willst es nicht wissen, sagt mein Sohn. Oder?

Was wissen?

Ach, vergiss es, sagt er.

Ich weiß, was er mir sagen wollte. Ich habe es genau gehört. Ich weiß auch, dass ich vor Jahren zu ihm gesagt habe: Wenn es bei mir beginnt, sag es mir. Schon mich nicht, sag es!

Aber solange ich noch Gedichte zitieren kann …

Ich erinnere mich daran, wie es bei meiner Mutter war. Ich kam zur Tür herein, und sie stand in der Diele, sah mir entgegen wie jemandem, der in ihr Haus eingebrochen war. Ich wusste sofort, dass ich sie auf einer ihrer ziellosen Wanderungen durchs Haus antraf, ruhelos, als müsse sie sich ohne Unterlass versichern, dass alles noch an seinem Platz war, die Schränke, die Bilder. Schubladen standen auf. Sie hatte wieder herumgewühlt auf der Suche nach irgendetwas, das seit Jahren schon nicht mehr vorhanden war, weil es gar nicht mehr gebraucht wurde, wertlose Dinge, überflüssiger Ballast, von dem sie sich selber längst getrennt hatte.

Wer sind Sie?, sagte sie.

Und ich, in einer Mischung aus Gekränktheit, Wut, Entsetzen und Hilflosigkeit, ging auf sie zu. Sie wich vor mir zurück, und ich nahm sie mit einer gewissen rohen Gewalt in den Arm und fühlte, wie ihr Widerstreben langsam in ein resigniertes sich Ergeben überging. Ich nannte ihr meinen Namen.

Du kommst hier einfach rein, sagte sie. Und ich sagte: Ich bin deine Tochter. Ich wohne hier.

Eines Tages, sage ich in der Nacht zu dir, werde ich dich fragen: Wer sind Sie?

Es soll eine Bemerkung sein, die dir zeigt, dass ich gefasst und ohne Illusionen und Selbstmitleid bin, was mein mutmaßliches Demenzschicksal anbelangt. Doch ich breche heillos in Tränen aus und begreife, dass kein Gedicht mich retten wird, so viele ich davon auch auswendig kann, sondern nur dies: dass du mich in deinen Armen weinen lässt. Es ist das einzige Zeichen, dass es noch nicht so weit mit mir gekommen ist. Noch musst du mir nicht erklären, wer du bist, wenn du mich in die Arme nimmst.

Bitte erinnere mich daran, dass ich dich liebe. Wirst du das tun, wenn es so weit ist?

Ja, sagst du, das werde ich.

Und ich baue auf das Gedächtnis meiner Haut, meiner Lippen, die dich wiedererkennen sollen, wenn du mich berührst. Ich baue auf ihr Gedächtnis für deine Hände. Auf das Gedächtnis meiner Ohren, denen deine Stimme vertraut ist. Ich baue auf ein Gedächtnis in mir, das seinen Sitz nicht in meinem Gehirn, sondern irgendwo in meinen Eingeweiden hat, die durch deine Berührung, auch durch den Klang deiner Stimme, betört und in Aufruhr versetzt werden. Ich möchte sie aus der Bevormundung durch mein Bewusstsein entlassen. Ich hoffe, sie brauchen es nicht, um weiter zu lieben, wenn es sich verabschiedet. Haut. Lippen. Hände. Sie sind in Dingen der Liebe vielleicht kompetenter, als es mein Gedächtnis ist. Vielleicht stellt sich am Ende heraus, dass sie schon immer mit einem eigenen Gedächtnis, eigenem Wissen und Wollen ausgestattet gewesen sind. Dass nicht mein Bewusstsein es war, sondern dass sie die Subjekte der Liebe gewesen sind. Mein Geruchssinn. Meine Augen. Sie haben vielleicht ihre Wahl längst getroffen, bevor mein Bewusstsein einwilligen konnte. Majorisiert. Überstimmt. Ich will, dass sie eines Tages auch das letzte Wort haben.

Ja.

Ja.

Ja.

Wie unwesentlich das Gedächtnis ist, erkenne ich daran, dass man es problemlos auslagern kann. Man kann seine Inhalte speichern auf einer Festplatte. Und das ist es, was ich mir vornehme. Sicher. Beständig. Jederzeit abrufbar. Auf diesem Speicherplatz können sie sogar überleben, wenn ich schon gestorben bin. Doch so viel verlange ich gar nicht. Keine informationstechnologisch erschlichene Unsterblichkeit. Ich möchte vielleicht nur manchmal, solange ich lebe, darauf zurückgreifen. Nachlesen, wie es war. Und selbst, wenn ich irgendwann auch vergessen haben sollte, dass es ihn gibt, diesen Ort, an dem meine Erinnerungen aufbewahrt sind, dann hört er doch nicht auf, zu existieren. Das ist tröstlich. Denn er ist nicht virtuell! Eine Festplatte ist Hardware, Ding unter Dingen, metallisch beschichtetes Glas. Härter geht es nicht. Natürlich wird sie eines fernen Tages wie alles, was existiert, zerfallen. Auch kann sie durch Gewalteinwirkung zerstört werden. Doch die Wahrscheinlichkeit, dass sie Bestand haben wird, wenn ich schon lange zerfallen bin, ist enorm hoch und ihr Speicherplatz wie alles, was mir in informationstechnologischer Hinsicht zum Kauf angeboten wird, von für mich unbegreiflicher Redundanz, um ein kaum noch bezifferbares Vielfaches größer, als ich jemals zu erwerben die Absicht gehabt hätte. Ich bin also nicht schlecht beraten, wenn ich diesem Ding, diesem Datenträger vertraue, ihm anvertraue, was ich meinem Gedächtnis, nicht mehr anvertrauen kann.

Mit Entsetzen stelle ich mir mein vegetatives Speichermedium vor, eine weiche graue Masse, verklumpt von Plaques, in Zersetzung begriffen, bedroht von Tumoren, von Gefäßen versorgt, deren Ablagerungen die Neigung zu Schlagflüssen begünstigen, das Ganze notdürftig geborgen in sprödem Knochenmaterial, das bei jedem Treppensturz brechen kann. Dagegen mein Notebook und seine Festplatte! Hart. Härter. Am härtesten. Hardware. Es ist ja wohl nicht die Frage, welches Speichermedium mehr Vertrauen verdient.

Die Frage ist nur: Was vertraue ich ihm an?

Ein beliebtes Gesellschaftsspiel: Wenn Sie drei Bücher auf eine einsame Insel mitnehmen dürften, welche drei Bücher wären das? Schwierige Frage. Sie müssten so unterhaltsam sein, dass sie mich davon abbringen, auf das Meer hinauszuschauen und den Horizont nach einem Schiff abzusuchen, das niemals kommt. Sie müssten so höllisch spannend sein, dass mir die Stunden meines vergeblichen Wartens am öden, menschenleeren Strand wie im Flug vergehen. Sie müssten mir den Rest der Welt, den ich niemals mehr zu sehen bekäme, vor Augen führen und mich gleichzeitig in mein eigenes Inneres geleiten. Ja, sie müssten von mir handeln wie auch von allem, was ich nicht bin. Sie müssten mich daran erinnern, dass es etwas gibt, was ich lieben kann, und das Versprechen enthalten, dass meine Liebe auch von diesem schrecklichen öden Ort ausgehen und ihren Gegenstand finden kann. Dass es nicht wichtig ist, wo, sondern wen man liebt. Und wenn ich von meiner Lektüre aufblickte, würde ich Schiffe am Horizont sehen und nicht mehr danach fragen, ob es sie wirklich gibt. Solcher Art müssten die Bücher sein, die ich mitnehme.

Ein Liebesroman muss darunter sein. Er muss mich überwältigen. Er muss an Überwältigungsmacht alles übertreffen, was ich an Liebesromanen gelesen habe. *Anna Karenina, Rot und Schwarz, Die Liebe in den Zeiten der Cholera* und, nicht zu vergessen *Lolita* – er müsste alles in einem sein, und es dürfte kein Blatt mehr zwischen mich und die Liebeshandlung in dem

Buch gehen. Es muss mir erlauben, die geliebte und die liebende Person und beides zugleich zu sein. Ich will mich im Lesen verlieren und wiederfinden darin. Es muss meine Geschichte sein.

War es das nicht immer, was ich am Ende gelesen habe? Handelte es nicht von mir, wenn es wert war, gelesen zu werden? Die Zeit verrinnt. Die Seiten blättern sich wie von selber um. Die Liebenden kennen sich bereits, wissen aber noch nichts von der Geschichte, in der sie als Liebespaar vorkommen. Hindernisse türmen sich auf. Vertrackte Umstände lassen es so gut wie unmöglich erscheinen, dass sie je zueinanderfinden. Sie selber stehen sich dabei im Weg. Missverständnisse, die sie wechselseitig generieren, manchmal sogar, wie es scheint, absichtsvoll, werfen sie weit zurück. Über weite Passagen ist da nichts als mein blindes Vorausfühlen als Leserin, mein durch nichts zu erschütterndes Hoffen, das die Geschichte vorantreibt und am Leben hält. Ich will wissen, was am Ende mit ihnen ist. Es macht mir nichts aus, wenn sie sterben oder auf jegliche andere Weise zugrunde gehen, wenn nur am Ende die Liebe überlebt.

Ich habe Angst davor, keine Leserin zu bleiben, wenn mein Gedächtnis noch schlechter wird. Ohne Gedächtnis geht es nicht. Ohne Gedächtnis bleibt man auf den ersten Seiten hängen und fängt bald wieder von vorne an, weil man vergisst, was man schon gelesen hat. Ohne Gedächtnis wird Stumpfsinn sein. Ich muss üben. Notizen machen. Die Handlung in Stichworten. Seitenzahlen notieren. Dann einfach weiterlesen. Der Faden gibt sich in die Hand, wenn man ihn sucht. Keine Angst haben. Wer ist Lewin? Aufschreiben, dass er der ist, der Kitty liebt. Lieber eines der Bücher lesen, die man kennt. Passagen ruhig immer wieder lesen. Den Anfang von *Lolita*. Anna Kareninas Tod. Das Sterben der alten Konsulin Buddenbrook. Oder des Fürsten im *Leopard*. Es muss genügen.

Und es genügt, wenn am Ende nur diese Texte noch möglich sind. Ich werde dich bitten, dafür zu sorgen, dass sie mir diese Romane mitgeben, wenn sie mich abholen. Ach ja, und mein Notebook. Ich muss ihm ein paar Dinge anvertrauen. Ich muss es jetzt tun, solange ich mich noch erinnere. Alles andere kann dann auf meiner Festplatte gelöscht werden. So werde ich es finden und lesen und wiederlesen können, sooft ich will.

Ich darf nur dieses eine Wort nicht mehr vergessen: Chateaubriand.

Die Geschichte vom Kennenlernen ist immer erst im Nachhinein die Geschichte vom Kennenlernen. Erst, wenn die beiden, die noch kein Liebespaar sind, sie einander später erzählen. Mit all ihren Fälschungen.

Ich hätte den ganzen Abend kaum ein Wort gesagt, behauptest du. Es war an einem Sommerabend vor drei Jahren. Das Gartenlokal überfüllt, die Bedienungen hektisch, die Tische alle besetzt, als Anne und ich uns nach einem Platz umsehen. Nichts zu machen. Jemand winkt uns zu. Es ist ein alter Kollege aus Annes Orchester, längst pensioniert, mindestens achtzig. Er sitzt mit einem uns unbekannten, ebenfalls alten Mann zusammen. Wir dürfen uns dazusetzen. Hoffentlich stehen die bald auf und gehen, denke ich. Anne stellt mich vor. Er kenne eine Schriftstellerin dieses Namens, sagt der unbekannte Mann. Von der habe er zwei Bücher gelesen.

Das ist sie, sagt Anne.

Es stimmt mich natürlich gewogen, wenn man meine Bücher kennt. Der Mann trägt einen weißen Backenbart und sieht wie ein Pfarrer aus. Ich sage ihm das, und er antwortet, dass er Arzt sei, doch in seiner Jugend einmal erwogen habe, Theologie zu studieren. Er sei immer noch fromm, sagt er, und habe nichts dagegen, wenn man ihm das ansehe.

Ich sei auch fromm, sage ich, überrascht, dass das Wort noch in Gebrauch ist, obwohl es eigentlich nichts gebe, woran ich glaube.

Daran ist offenbar nichts Ungewöhnliches für dich, und das Gespräch wendet sich anderen Themen zu, die zumeist das Orchester und sein Repertoire betreffen, was mich in eine Lage versetzt, die mir erlaubt zu schweigen. Es stellt sich heraus, dass du den alten

Musiker gar nicht kennst, sondern nur zufällig am selben Tisch mit ihm gelandet bist. In einem Gartenlokal wie diesem nimmt man das nicht so genau. Und ich erfahre, dass du an diesem Abend nur deswegen hergekommen bist, weil eine der überforderten jungen Bedienungen deine Tochter ist, die hier jobbt. Sie kommt an unseren Tisch. Ach, Papa, sagt sie. Dass du heute Abend da bist! Komm, kriegst einen Kuss. Und sie beugt sich zu dir nieder und küsst dich oberhalb des Backenbarts auf die Wange. Ich denke: Sieh dir das an. Was für ein schönes, entspanntes Verhältnis von Vater und Tochter.

Der Mond taucht zwischen die Zweige des Lindenbaums, unter dem wir sitzen. Es ist eine Tropennacht. Unter Meteorologen eine Nacht nicht unter zwanzig Grad. Eine Nacht, wie der Sommer nur wenige bietet, manchmal gar keine. Mit mir geschieht etwas Wunderschönes, auf das ich keinen Einfluss habe und dem ich mich gern überlasse. Es bewirkt, dass ich ein paar Meter über der Szene schweben und auf uns herabsehen kann. Was ich von da oben sehe, sind vier alte Menschen, die in einer mondhellen Sommernacht unter Bäumen sitzen und Wein trinken. Ist das nicht schön, denke ich, es ist wunderschön. Es ist nichts Spektakuläres. Nur dass es schön ist, empfinde ich. Mein alter Widerspruchsgeist, der mir die Stimmung vermiesen will, meldet sich. Was tut ihr hier mit zwei derartig alten Männern, höhnt er und gibt sich die Antwort selber: Ihr seid hier die alten Frauen. Ich lasse ihm das. Ich weiß selbst nicht, warum ich gerade so glücklich bin.

Später werde ich mir sagen, dass es schon der Zauber war, der von deiner Gegenwart ausging. Wenn ich dich nach diesem Abend nie wiedergesehen hätte, ich glaube, nur ein vages Achwardasschön wäre mir im Gedächtnis geblieben.

Etwa sechs Wochen später treffe ich dich beim Einkaufen im Supermarkt. Ich gehe in Deckung zwischen zwei Regalen und betrachte dich ungeniert von einer Stelle aus, die mich verbirgt. Dein Backenbart leuchtet hell wie ein nach unten verrutschter umgedrehter Heiligenschein. Unter den Rentnern und Hausfrauen, die um diese Zeit im Supermarkt einkaufen, fällst du auf. Du schiebst keinen Wagen durch die Gänge, offenbar suchst du nach etwas Bestimmtem. Wenn du es gefunden hast, wirst du dich schnell zur Kasse wenden und verschwunden sein, bevor ich mit dir sprechen kann. Was mich hemmt, auf dich zuzugehen, ist wieder einmal die verzweifelte Suche nach deinem Namen in meinem Kopf, aber der Gott der Vergesslichen kommt mir zu Hilfe. Eine junge Frau nähert sich dir und spricht dich an, und obwohl ich deinen Namen von da, wo ich stehe, nicht hören kann, genügt die Vorstellung, dass er gerade ausgesprochen wird, um den Druck von mir zu nehmen, und so entlastet, gibt mein Gedächtnis ihn frei. Ich bewege mich aus meiner Deckung und sehe, wie du den Kopf hebst und mir entgegenblickst, während die junge Frau ihren überfüllten Einkaufswagen weiterschiebt. Du lächelst, als hättest du selbst das Versteckspiel beendet. Es sieht so aus, als freutest du dich, mich zu sehen.

Du sagst mir, du habest inzwischen ein weiteres Buch von mir gelesen. Ich weiß, was jetzt kommt. Du wirst sagen, dass du ein paar Fragen dazu hast. Das kommt immer. Und ich werde höflich sein, obwohl ich glaube, alles schon in dem Buch gesagt zu haben. Ich bin der Meinung, das Mindeste, was man Lesern entgegenbringen kann, ist Höflichkeit. Schließlich enthält das Buch, das sie gelesen haben, bereits genügend Zumutungen. Aber du sagst nichts dergleichen. Auch nicht, dass du mich auf eine Tasse Kaffee einladen willst, um mit mir darüber zu reden. Stattdessen sagst du, du habest ein früheres Buch von mir deiner Frau vorgelesen.

O, sage ich, Sie lesen einander vor?

Mir ist das unbegreiflich. Die Vorstellung, dass mein Mann mir vorgelesen hätte oder ich ihm, ist fremd für mich, fern meiner eigenen und seiner Maßgaben für Geduld, Miteinander, Symbiose. Doch ich höre nicht zum ersten Mal, dass Paare so etwas tun.

Deine Frau sei am Ende so krank gewesen, dass sie nicht mehr selbst lesen konnte, sagst du. Das sei schon daran gescheitert, dass sie das Umblättern nicht mehr geschafft habe.

Ich schließe daraus, dass sie nicht mehr lebt, traue mich aber nicht, die Frage zu stellen.

Aber es ist schön, sagst du.

Was?

Das Vorlesen. Nur Zuhören sei noch schöner. Ich solle das mal ausprobieren.

Aber dazu gehören zwei, sage ich.

Du hast offenbar keine weiteren Fragen an mich und verabschiedest dich, indem du mir die Hand gibst. Und plötzlich erinnere ich mich, dass ich an jenem Abend im Biergarten zu dir gesagt habe, dass du schöne Hände hast. Sie haben schöne Hände. Ich weiß, dass ich es gesagt habe, kann mir aber nicht mehr vorstellen, wie das möglich gewesen sein soll. War ich betrunken? Warst du betrunken genug, um mich das sagen zu hören?

Deine Hände sind sehr langfingrig, knochig und schmal. Sie sind grenzwertig. Das ist mir bewusst. Sie sind irgendwo zwischen wunderschön edel und, mit den aufliegenden Adern, von denen sie überzogen sind, ein bisschen gruselig. Ich aber bin auf der wunderschön edlen Seite, was deine Hände anbelangt, und wundere mich nicht, als ich höre, dass du früher in deinem Leben ein Geiger gewesen bist. Dennoch bleibt es mir ein Rätsel, dass es an jenem Abend möglich gewesen sein soll, über deine Hände zu sprechen. Wenn das möglich war, können noch ganz andere Dinge möglich gewesen sein. Habe ich wirklich nur schweigend dagesessen und den Mond betrachtet? Ich sehe, wie du zur Kasse gehst, und würde auf einmal am liebsten hinter dir herlaufen. Ich finde es ziemlich unhöflich von dir, dass du meine Bücher liest und anschließend die Absicht vermissen lässt, mich in ein Gespräch zu verwickeln.

Ich musste mich jetzt auf meine Einkäufe konzentrieren. Es war schwierig geworden, das Richtige nach Hause zu bringen.

In den letzten Jahren vor seinem Schlaganfall gab es immer weniger Dinge, die Klaus noch essen wollte. Kein Fleisch. Wenig Fisch. Keine Pastagerichte mehr. Keine Kartoffeln. Und jegliches Fett war verpönt. Außer ein wenig Olivenöl. Er las alles über Ernährung, hatte solche Angst davor, seinem Körper etwas zuzumuten, was dieser ihm nicht verzieh. Und dann geschah es doch. Schlaganfall. Halbseitige Lähmung. Wenig Fortschritte, was die Beweglichkeit anbelangt. Seitdem kochte Maria für ihn, die Pflegerin aus Polen. Sie kochte, was man bei uns früher als deftig bezeichnete. Sehr viel Fleisch. Scharfe Saucen. Doch er mochte es offenbar. Ich selbst aß damals meistens kalt und im Stehen, kurz bevor ich das Haus verließ und weil mir einfiel, dass es nicht gut ist, mit leerem Magen unterwegs zu sein. Die Küche gehörte Maria, aber die Einkäufe machte ich weiter selbst. Ich fürchtete, dass sie ihn sonst mit zu viel Schweineschmalz umbrächte.

Als ich mehr als ein Jahr später zum ersten Mal mit dir frühstücke, fragst du mich: Was möchtest du? Möchtest du Leberwurst?

Leberwurst. Warum nicht?

Kurz darauf sehe ich, wie du eine Brotschnitte mit Leberwurst bestreichst. Du verwendest dazu ein Taschenklappmesser.

Ist das für mich?, frage ich.

Ja, sagst du.

Es ist ein Moment, so wunderschön wie banal. Ich möchte ihn nicht vergessen. Deine Wohnküche. Die Unordnung auf dem Tisch. Bücher. Zeitschriften. Papiere. Der Duft von Kaffee. Das Taschenklappmesser in deiner Hand. Der unscheinbarste der Momente, in denen etwas von dir mich berührt. Die bescheidenste aller Liebeshandlungen, die du an mir vornimmst. Bis zu diesem Augenblick habe ich ja nicht geahnt, wie sehr mir das gefehlt hat, ein Mann, der ein Leberwurstbrot für mich schmiert. Ich glaube, mir sind sogar beinahe die Tränen gekommen.

Es ist erschreckend, wie hysterisch ich mir so etwas anscheinend gewünscht habe. Ich war nie der Typ, der des Nachts aufsteht und an den Kühlschrank geht. Kummer, Stress, Nervosität, ich habe immer eher die Nahrungsaufnahme eingestellt, statt mich mit Kalorien dagegen zu wappnen. Ist keine Frage der Moral, sondern der Konstitution. Nie eine Schlankheitsdiät gebraucht. Für meine Figur hat immer ein Ehestreit genügt. Drei Tage böses Schweigen, Abweisung, Aufrechterhaltung unhaltbarer Anschuldigungen, und ich schwand vor den Augen meines Peinigers dahin. Ich wollte, dass er dabei zusah, wie ich mich abhärmte. Wahrscheinlich trug ich von Anfang an eine schöne Begabung zur Magersucht in mir, die aufgrund der in meiner Jugend obwaltenden Umstände nicht zur vollen Entfaltung kam. Und erst jetzt wird mir bewusst, dass die Beleidigtheits- und Empörungsstrategie meines Lebens, die temporäre Verweigerung der Nahrungsaufnahme, ein einziger Schrei nach Leberwurstbroten war, die mir jemand schmiert. Erst jetzt, wo du mit deinem Taschenklappmesser gekommen bist. Ist es nicht erstaunlich, wie einfach es zuweilen sein kann, uns auf Erden glücklich zu machen?

Aber zu dieser Zeit ahne ich noch nichts von einem derartigen Glück. Alles, was mir zuteilwird, ist der Song aus *Jesus Christ Superstar*, der mir jede Autofahrt zum Gefühlstrip macht. *I feel changed, yes really changed*, singt Maria Magdalena, und wo sie recht hat, da hat sie recht. Aber es ist auch ziemlich peinlich, wie oft ich mir das geben muss, um es zu glauben. Ich bin froh, dass du nichts von mir und meinem kleinen trivialmusikalischen Laster weißt. Schätze, dass die Verliebtheit bei Männern und Frauen sehr unterschiedliche Symptome generiert. Bin auch froh, dass ich nicht weiß, was sie bei euch bewirkt. Dennoch, in diesem Stadium kommt es mir wie eine große Sache vor, im Auto zu sitzen und die Erschütterung des Augenblicks zu erfahren, in dem ich dich in der Kirche entdeckt habe. Tut mir leid für dich, ich kenne deine musikalischen Ansprüche, aber es war Andrew Lloyd Webber, der mir das verpasst hat.

Als ich dich das nächste Mal sehe, ist es bereits Herbst. Die übelste Art davon. Frühe Dunkelheit. Regen, der in Böen über den Parkplatz peitscht, sodass ich mich überwinden muss, aus meinem Auto auszusteigen und die paar Schritte zum Eingang zu machen. Es ist der Parkplatz des Supermarkts. Ein schlechter Supermarkt nebenbei. Rostige Einkaufswagen mit blockierten Rädern. Gammeliges Gemüse. An den Kassen ältere Frauen, in deren Gesichtern etwas geschrieben steht, das ich nicht unbedingt entziffern möchte. Die Nägel nach Kassiererinnenart aufwendig mehrfarbig lackiert und mit Glitzersteinchen dekoriert. Ich frage mich immer vergebens, wie sie mit diesen Krallen die Tasten zu drücken imstande sind, und schaue niemals so genau hin, wenn sie das tun, weil es bei mir etwas Ähnliches auslöst wie das Quietschen von Kreide auf Schiefertafeln. Mit anderen Worten: Ich kaufe ungern ein in diesem Supermarkt, doch da er bequem erreichbar ist, steuere ich ihn öfter an und bin vertraut mit der Anordnung der Waren in den Regalen, sodass ich nicht lange nach etwas suchen muss. Während ich noch im Auto bin, sehe ich dich.

Du bist kleiner, als ich dich in Erinnerung habe. Das liegt vielleicht auch daran, dass du dich, um gegen den Wind anzukämpfen, nach vorne beugst. Du wirkst sehr schmal, fast zart, und ich habe den Wunsch, dir gegen das Wetter beizustehen. Aber das Wetter hat es ja genauso auf mich abgesehen. Ich bleibe noch etwas im Auto und behalte den Eingang im Blick, in dem du verschwunden bist. Du kannst mir nicht entgehen.

Drinnen ist es leerer als sonst um diese Zeit. Die Verkaufshalle ist in das kalte Licht der Leuchtröhren getaucht, das Tageslicht vortäuschen soll und hier immer herrscht. Beim Durchschreiten der Barriere zu den Obst- und Gemüseständen kann ich dich nicht entdecken, und indem ich mich weiter ins Innere der Halle bewege, wird mir klar, dass du inzwischen längst bei den Kassen sein könntest, wo man dich rasch abfertigen würde, weil außer uns so gut wie keine Kundschaft da ist. Zwei Dinge sind mir jetzt peinlich. Erstens, dass ich mir keinen Einkaufswagen besorgt habe. Doch dafür ist es zu spät, weil es sie nur außerhalb der Barriere gibt. Und zweitens, dass ich zu schnell gehe und zu viel nach rechts und links in die Gänge spähe. Ich benehme mich wie jemand, der nach jemandem Ausschau hält. Ich versuche mich darauf zu besinnen, warum ich hier bin. Was ich brauche. Und ich bewege mich auf die Kühlregale zu. Milchprodukte braucht man immer, und wenn ich davorstehe, wird mir schon etwas einfallen. Du siehst mir entgegen, als hättest du auf mich gewartet.

Ich bin, wie jedes Mal, bis heute, im ersten Augenblick enttäuscht von dir. Du bist tatsächlich kleiner als in meiner Erinnerung. Dabei bist du größer als ich. Ein angenehmes Stück größer. Wenn du noch größer wärst, würde sich das auf unsere Liebesumgangsformen auswirken. Das wünsche ich mir gar nicht. Trotzdem wächst du in meiner Vorstellung von dir jedes Mal um das Stück, das ich bei unserem nächsten Zusammentreffen zurückkorrigieren muss. Und es ist nicht nur die Körpergröße. Es ist auch – ich weiß nicht – das Ganze deiner Erscheinung. Jedes Mal frage ich mich: Was findest du an ihm? Und dann – soll ich dir etwas sagen? – wenn ich dich eine Zeit lang betrachte, wenn ich dir, während du sprichst, ins Gesicht sehe, wenn ich den Klang deiner Stimme dazu höre, dann finde ich dich wunderschön. Dann erscheinst du mir wie der Inbegriff männlicher Schönheit. Die Linien deines Gesichts vollkommen. Nein, nicht makellos. Natürlich sehe ich, dass du ein alter Mann bist. Ich sehe, dass deine Züge erschlafft sind wie die Lider über deinen Augen, die Stirn zerfurcht, die Zähne vergilbt, dein Haar steingrau, ich sehe das alles, aber es fügt sich für mich zu etwas zusammen, was ich betrachten und wieder betrachten will. Ich werde nicht müde, es anzusehen. Es liegt etwas darin, was – nein, nicht mir gefällt, sondern mich anrührt. Es tritt, während ich dich betrachte, vor meine Augen. Ich kann nicht sagen, was es ist, obwohl es offenbar ist. Es verbirgt sich nicht. Doch es lässt sich nicht ergründen. Ich finde es in den Linien, die deine Lippen bilden und die Senkrechtfalten rechts und links deiner Nasenflügel, in der tiefen Grube in deinem Kinn, aber es liegt in dem Ganzen der einzelnen Züge, ihrem Zusammenspiel. Je größer die Nähe ist, aus der ich dein Gesicht betrachte, desto schöner erscheint es mir, am schönsten, wenn es sich im Bett über mir befindet. Ich schließe dann meine Augen, so überwältigt bin ich davon. Dir scheint es genauso zu gehen. Du bist so schön, höre ich dich nah an meinem Ohr murmeln. Du wählst mein rechtes Ohr dafür aus, denn auf dem linken bin ich schwerhörig, wie du weißt. Ich höre deine Worte, doch ich nehme sie nicht persönlich. Du bist so schön ist kein Kompliment für mich, das weiß ich, es ist ein

Teil der Liebesliturgie, die uns vorgegeben ist. Sie ist überpersönlich und zeitlos wie jede Liturgie. Ihr Wahrheitsgehalt liegt darin, dass sie von uns nachgesprochen wird. Er ist aufgehoben darin. Wir wissen viele solcher liturgischen Worte. Sie sind nicht originell, sondern das Gegenteil davon. Es sind Formeln, mit denen wir zu zaubern imstande sind. Pure Magie. Sonst nichts. Von unfehlbarer Wirkmächtigkeit, wie die wahren Zauberformeln es immer sind. Du bist meine Geliebte, flüsterst du an meinem rechten Ohr. Und indem du es flüsterst, bin ich es.

An diesem Spätherbsttag bei Edeka sehe ich dich noch aus weiter Entfernung. Selbst als wir nah voreinander stehen, muss ich mich an den Eindruck halten, den du als Fremder auf mich machst. Schlecht angezogen. Durchnässt. Bemüht, den Eindruck zu überspielen, von dem du weißt, dass du ihn auf mich machst. Ich frage: Sind Sie mit dem Auto hier? Nein, sagst du. Es sei ja nicht weit zu dir, und als du aufgebrochen seist, habe es noch nicht geregnet.

Ich kann Sie gerne nach Hause fahren, sage ich.

Das wäre wunderbar, sagst du. Ich soll meine Einkäufe machen. Du wirst hinter der Kasse auf mich warten.

Mir fällt nur ein, dass ich Milch brauche. Später am Abend werde ich noch einmal zum Supermarkt fahren und den Rest besorgen.

Vor deiner Haustür bedankst dich und steigst aus. Ich sehe dir nach, wie du mit deinem nur halb gefüllten Stoffbeutel davongehst und die Tür aufschließt. Warmes Licht fällt aus dem Innern deines Hauses. Das Wetter wütet. Ich starte, da kommst du zurück und klopfst an das Fenster der Beifahrertür. Sie können hier parken, sagst du. Wollen Sie nicht mit hereinkommen?

Etwas legt sich in mir, das ich nachträglich als Enttäuschung erkenne. Doch. Ich will.

Beim Aussteigen trifft mich ein Schwall von einem vorbeifahrenden Auto. Jetzt bin ich genauso durchnässt wie du. Meine Schuhe hinterlassen kleine Pfützen auf den Steinen in deiner Diele. Ich hoffe, dass du mich nicht bittest, sie auszuziehen. Zu intim. Zu familiär. Aber du scheinst es mit Fassung zu tragen, dass ich wie eine, die aus dem Wasser kommt, Einzug bei dir halte.

Du bittest mich in den Raum, der, wie mir erst später klar wird, dein einziger Wohnraum ist. Lange Zeit werde ich noch glauben, dass es irgendwo ein Wohnzimmer bei dir gibt, mit Sofas und Sesseln möbliert wie bei anderen Menschen. Aber so etwas gibt es nicht. Ich sehe einen altmodischen Schreibtisch, dahinter einen genauso altmodischen Bücherschrank, übervoll, ungeordnet, die Regale zweireihig bestückt, in der hinteren Reihe die Bücher, die man nie wieder finden wird. Jenseits dieser Studierzimmerzone setzt sich der niedrige Raum als Wohnküche fort. Kühlschrank,

Küchenherd, Spüle, ein großer Tisch voller Bücher, Papiere, Schriftstücke und eine Eckbank, auf der ich Platz nehme. Wenn nicht die Abwesenheit von auch nur dem geringsten Gestaltungswillen auffiele, müsste man das Ganze spießig nennen. Aber Spießigkeit setzt Gestaltungswillen voraus, also begreife ich, dass ich es nicht mit schlechtem, sondern mit gar keinem, sozusagen einem Nullgeschmack zu tun habe.

Obwohl ich mir später erst Rechenschaft davon ablege, weiß ich sofort, dass deine Wohnung keine Wohnung, sondern eine Klause ist. Hier wohnt jemand, der nicht wohnt, sondern einfach, so einfach wie möglich, bei sich zu Hause ist. Du bittest mich, an dem Küchentisch Platz zu nehmen, und ich quetsche mich auf die Eckbank. Ob ich einen Kaffee möchte? Nein, lieber Tee. Aber Tee hast du nicht. Daraufhin gibt es gar nichts.

Deine Gastfreundschaft ist gewöhnungsbedürftig. Später, als mein Mund vom vielen Reden ganz trocken geworden ist, werde ich dich um ein Glas Wasser bitten, woraufhin du dir ein Bier genehmigst, ohne mich zu fragen, ob ich auch eins möchte. Zufällig trinke ich kein Bier. Sonst wären wir womöglich schon hier aneinander gescheitert.

Irgendwann stehe ich wieder draußen auf der Straße. Der Himmel ist klar. Der Wind hat sich gelegt. Auch der Autoverkehr. Ich muss wohl ziemlich lange geblieben sein. Ich steige in mein Auto und weiß gar nicht genau, wohin ich fahren will. Wo war mein Leben noch einmal stehen geblieben? Ach ja, ich bin vor ein paar Stunden losgefahren, um Einkäufe zu machen.

Als ich zu Hause bin, fällt mir das Buch ein, das du mir mitgegeben hast. Keine Ahnung mehr, was es war. Ich habe es auf dem Beifahrersitz im Auto liegen gelassen und steige noch mal in die Tiefgarage hinunter, um es zu holen. Ernst Jandl. Wie um alles in der Welt bist du darauf gekommen, mir etwas von Ernst Jandl zu leihen? Ich mag ihn nicht. Das ist zu viel gesagt. Besser: Ich bin immun gegen seinen literarischen Charme. Ernst Jandl ist der Paul Klee der Literatur für mich. Alle Welt gerät in Verzückung vor Klee-Bildern, und mir bleibt nichts anderes übrig, als daraus zu schließen, dass es mir an etwas fehlt. Millionen Kunstbegeisterte können nicht irren. Es muss an mir liegen.

Ich kann mich jedoch nicht erinnern, dass wir darüber gesprochen haben, über meine beschämenden Defizite als Kulturkonsumentin. Allerdings weiß ich überhaupt nicht mehr, worüber wir gesprochen haben. Ich habe mindestens zwei Stunden auf deiner Eckbank verbracht, und wenn ich mich frage, worum es gegangen ist: nichts. Keine Ahnung. Die Befürchtung wächst in mir, dass ich dir mein Leben erzählt habe. Oder, was schlimmer wäre, aus dem Nähkästchen meiner Ehen geplaudert. Du hast etwas an dir – ich führe es auf deinen Beruf zurück – was einen dazu bringt, von sich selber zu sprechen. Wahrscheinlich kannst du nicht anders: Du sitzt da wie ein Arzt, der einem Patienten zuhört, der von seiner Krankheit spricht. Du hörst zu wie einer, der schon, während man spricht, über Wege zur Heilung sinnt. Zwar habe ich sicher nicht über Krankheiten gesprochen, aber das Gefühl, dass ich an diesem Abend zu viel von mir preisgegeben habe, verlässt mich trotzdem nicht. Und die Frage: warum Ernst Jandl?

Und warum das Werk von ich weiß nicht wem über die Sprachentwicklung bei Kindern, das du mir beim nächsten Mal mitgeben wirst? Und warum eine Luther-Biografie und die Analyse von Goethes *Faust* unter wirtschaftstheoretischen Gesichtspunkten von Binswanger?

Jedes Mal stehst du vom Küchentisch auf, wenn ich nach zwei (oder mehr) Stunden sage: Ich glaube, ich muss jetzt gehen, trittst an deinen Bücherschrank und nimmst ein Buch, irgendeins, heraus, das du mir mitgibst. Ich schaue kaum auf den Umschlag und sage: Danke. Dann geben wir uns die Hand und verabschieden uns mit kompletter Anrede und Nennung unserer Nachnamen. Sie sind das einzige Zeichen, das du mir gibst, diese Bücher, nach denen ich dich nicht gefragt habe. Sie sind meine Erlaubnis wiederzukommen. Mehr gibst du mir nicht. Nur diese Möglichkeit, anzurufen und zu sagen: Ich habe noch ein Buch von Ihnen. Wann darf ich vorbeikommen und es zurückbringen? Du gibst mir gleichzeitig den Zeitrahmen damit vor. Es sind etwa zwei Wochen, die zu vergehen haben, bevor ich dich anrufe. So viel Zeit würde ich brauchen, um eines der Bücher zu lesen. Was ich nie tue. Du fragst auch niemals danach. Ich lege das Buch auf den Küchentisch, und wenn ich gehe, gibst du mir ein neues mit.

Bis ich zu dir kommen kann, vergehen nach meinem Anruf noch einmal ein bis zwei Wochen, sodass die mittlere Zeit zwischen meinen Besuchen bei dreieinhalb Wochen liegt. Am Telefon bist du immer kurz angebunden, und ich bin es auch, weil du mir nie das Gefühl nimmst, aufdringlich zu sein. Ich hasse dieses Gefühl. Es hat schon immer meinen Umgang mit Menschen beeinträchtigt. Und trotz des Unterpfands, in dessen Besitz ich bin, muss ich es jedes Mal von Neuem niederkämpfen, wenn ich dich anrufe. Häufig werde ich von einer tiefen warmen Stimme auf deinem Anrufbeantworter begrüßt. Ich spreche aber nicht mit ihm, aus Angst, du rufst nicht zurück. Mir scheint, du bist selten zu Hause. Ich habe nicht die mindeste Ahnung, woraus das Leben besteht, das du führst, wenn du nicht mit mir an deinem Küchentisch sitzt. Meine Terminvorschläge sind für dich meistens zu bald. Diese

Woche geht es bei mir nicht mehr. Vielleicht nächsten Freitag?

Ich begreife, dass du keine Eile hast, mich wiederzusehen. Ich sage es mir wieder und wieder. Er hat keine Eile, dich wiederzusehen. Begreif es!

Du hast eine Freundin. Natürlich musst du eine Freundin haben. Du bist seit sechs Jahren Witwer. Kein Mann bleibt so lange allein. Bei meinem zweiten oder dritten Besuch führst du mich durch deine Wohnung. Außer der Studierküche gibt es ein dürftig möbliertes Gästezimmer und dein Schlafzimmer mit einem angrenzenden Duschbad. Du zeigst mir das alles. Warum? Warum zeigst du mir dein Schlafzimmer? Warum zeigst du mir dein Bett? Ich streife es flüchtig mit einem Blick. Mehr nicht. Mehr geht nicht. Es sieht alles sehr ordentlich aus. Vielleicht hast du extra aufgeräumt, bevor du mich hier hereinführst. Aber warum? Hier sind wir. Du, ich und dein Bett. Was tun wir hier? Langsam begreife ich etwas, indem ich aus meiner Erstarrung herausfinde und dir zuhöre. Du willst mir zeigen, begreife ich, dass deine Wohnung ganz für die Bedürfnisse deiner in ihren letzten Jahren schwer behinderten Frau eingerichtet worden ist. Das barrierefreie Bad, die für einen Rollstuhl verbreiterten Türen. Ich verstehe und entspanne mich. Ich verstehe aber auch, dass du damit jede, aber auch jede Möglichkeit einer verfänglichen Situation mit mir ausschließt.

Trotzdem bleibt etwas von der Intimität deines Schlafzimmers, als wir zum Küchentisch zurückkehren.

Ich werde mir später sagen, dass es keine Spur der Anwesenheit einer Frau bei dir gibt außer derjenigen, die seit sechs Jahren tot ist. Ich weiß es mit dem Instinkt, mit dem man ein Terrain sondiert. Vielleicht spielt sogar der Geruch eine Rolle, der unvermischt deiner ist und sich in deinem Schlafzimmer konzentriert. Vielleicht rührte meine Verwirrung auch daher. Später werde ich ihn lieben. Aber noch ist es ein Fluidum, das mich durch sein reines Vorhandensein verwirrt. Ich bin wie eine Katze, die sich in fremder Umgebung auf die Auswertung von Sinnesdaten verlassen muss. Natürlich hat er eine Freundin, sagt mir mein Menschenverstand. Aber nicht hier, sagt die Katze in mir, die jetzt alle Winkel deiner Behausung erkundet hat. Hier lebt ein Zölibatär.

Auch dein Bett ist das eines Alleinschläfers. Höchstens einen Meter zwanzig breit. Das ist nicht das Maß für gemeinsame Nächte. Diese Wohnung ist frauenfrei. Was aber nicht heißen muss, dass du es bist. Deine häufigen Abwesenheiten, wenn ich bei dir anrufe. Es gibt also eine Frau, die dich bei sich empfängt, vermute ich.

Ich bin nicht ergänzungsbedürftig, höre ich dich sagen.

Wir haben uns nach langer Zeit wieder einmal beim Einkaufen getroffen. Der Satz fällt, während wir zwischen den Regalen im Supermarkt voreinander stehen. Ich gehe seit einiger Zeit fast jeden Tag gegen sechs Uhr abends dahin, und es ist mir sogar gelungen, in unseren Küchentischgesprächen diese Information möglichst unauffällig einfließen zu lassen. Dennoch ist die Trefferquote erwartungsgemäß niederschmetternd. Ich begreife, du machst nichts daraus, dass du davon weißt. Trotzdem verhalte ich mich wie ein Glücksspieler, der es wieder und wieder mit derselben Zahlenkombination probiert. Auch der Zufall muss den Gesetzen der Wahrscheinlichkeit gehorchen und lässt sich durch eine hohe Versuchsquote optimieren.

Ich bin nicht ergänzungsbedürftig.

Aber Sie sind liebesbedürftig, antworte ich. Das sind wir alle.

Ich bin selbst überrascht von der Treffsicherheit meiner Antwort. Sie erlaubt keine Gegenwehr.

Ja, sagst du.

Weiter nichts. Es ist ein Dialog, wie ich ihn sonst nur in deiner Abwesenheit mit dir habe. Ich rede unablässig für mich mit dir. Es sind Gespräche, die jedes Anknüpfungspunkts in der Realität entbehren. Sie sind obsessiv. Sie sind wunderbar. Ich verliere mich darin und weiß, auch du müsstest dich darin verlieren. Sie gleichen in nichts den Gesprächen, die wir an deinem Küchentisch führen. Einmal versteige ich mich dort zu dem Vorschlag, mich in einen Film zu begleiten, von dem die Rede war. Ich merke sofort, dass ich zu weit gegangen bin, und versuche verzweifelt zurückzurudern, indem ich ankündige, dir das Buch auszuleihen, um dessen Verfilmung es sich handelt. Bücher gehen. Filme nicht. Küchentisch geht. Kino ausgeschlossen. Ich bemühe mich, dir zu erklären, dass ins Kino zu gehen nichts Besonderes für mich ist, ob mit oder ohne Begleitung. Aber damit mache ich es nicht besser, merke ich. Vielleicht aber damit, dass ich dir das Buch mit der Post schicke. Ich muss noch vorsichtiger sein, nehme ich mir vor. Ich gehe zu Hause im Garten auf und ab und übe mich in Dialogen, die erotisch noch unverfänglicher und von der Leichtigkeit sind, die ich anstrebe. Wenn ich genügend übe, vielleicht dass ich irgendwann wieder ein Highlight hervorbringe wie im Supermarkt:

Ich bin nicht ergänzungsbedürftig.

Aber Sie sind liebesbedürftig.

(Ja!)

Ein Wortwechsel wie aus meiner inneren Schreibwerkstatt. Preiswürdig. Perfekt.

Mehr als ein halbes Jahr nach unserer ersten Begegnung umarmst du mich zum ersten Mal. Du umarmst mich nicht anders als ungefähr hundert Männer mich beim Wiedersehen oder Abschied umarmen. Du gibst mir die Hand, aber diesmal lässt du nicht los, sondern ziehst mich zu dir hin. Für einen Augenblick liegt mein Kopf an deiner Schulter, meine Wange berührt deine Wange. Machen Sie es gut, flüstere ich in deinen Bart. Es ist am Tag, bevor du eine längere Reise machst. Wir werden uns knapp zwei Monate nicht sehen.

Diese Umarmung gibt mir den Rest. Ich bin tagelang außer mir. Es kommt erschwerend hinzu, dass Anfang März, also Frühling ist. Ich werde das nicht aushalten, ohne von dir zu sprechen, wann immer sich eine Möglichkeit dazu ergibt. Ich brauche dieses Ventil. So weit ist es mit mir gekommen.

Erinnerst du dich an den Arzt, der damals im Sommer mit uns am Tisch saß im Biergarten?

Den mit dem komischen Bart?

In den habe ich mich verliebt.

Anne bleibt höflich. Ist Geschmackssache, sagt sie. Mein Typ wäre das nicht. Aber sie könne verstehen, dass ich mal ein bisschen emotional etwas für mich tun müsse. Schließlich sei das alles nicht einfach für mich. Mein kranker Mann. Seine Depressionen. Die Tyrannei, die er schon immer ausgeübt habe. In ihren Augen sei seine Lähmung rein psychisch bedingt und keine Folge des Schlaganfalls vor zwei Jahren. Nichts anderes als ein Mittel, mich seine Macht spüren zu lassen. Er erpresst dich damit, sagt Anne. Denk mal drüber nach.

Ich gebe zu bedenken, wie sehr mich Maria entlastet. Maria pflegt ihn mit einer Hingabe, die rätselhaft für mich ist. Manchmal, wenn ich sehe, wie sie sich mit ihrem tief ausgeschnittenen Pullover über ihn beugt und sein Gesicht in der Spalte zwischen ihren Brüsten verschwindet, kommt es mir vor, als sei da etwas zwischen ihm und Maria, wovon ich nichts weiß. Natürlich ist das absurd. Er ist sechsundsiebzig, Maria höchstens Mitte vierzig, und ihr ziemlich gutaussehender polnischer Mann taucht einmal monatlich bei uns auf. Dennoch lässt mich das Gefühl nicht los, dass da etwas vor mir verheimlicht wird. Schenkt er ihr Geld? Hat er einen Zusatz im Testament gemacht? Ein Legat für sie errichtet? Ich hätte nichts dagegen, würde es aber vorziehen, darüber informiert zu sein.

Du musst an dich denken, sagt Anne. Lass dich nicht runterziehen. Tu etwas für dich. Gönn dir was Schönes … Sie klingt wie aus einer Werbung für Körperlotion oder Duschgel. Ich bin nicht sicher, ob sie mich verstanden hat. Ich kenne mich selbst nicht mehr. Ich bin verrückt. Aber Anne sieht das völlig anders.

Das tut dir sicher unheimlich gut. Schmetterlinge im Bauch und so. Ihr selber sei allerdings schon seit Jahren kein Mann mehr begegnet, der ihren Ansprüchen gerecht werden könne. Die wüchsen schließlich mit den Jahren. Die Bildung. Das Kulturelle. Wirtschaftliche Parität. Vor allem – nein, sie wolle nicht mehr mit jemandem reisen, der nicht denselben Horizont habe wie sie. Sie empfinde es als ausgesprochen peinlich, wenn jemand noch nie in Neuseeland gewesen sei. Diese Weite, dieses ganz eigene Naturerleben, das dort möglich sei. Oder Kalkutta. Ganz neue Begriffe der Dimensionen von Armut bekomme man da. Oder Mexiko –. Ich denke an dein überwiegendes Zuhausegebliebensein. An deine Wohnung. Was Anne zu deiner Studierküche angemerkt hätte.

Sie glaube eher, höre ich sie sagen, dass ihre eigene Passion das Reisen sei. Allerdings müsse sie zugeben, dass sie sich vor Jahren einmal auf einer kunstgeschichtlichen Studienreise durch Sizilien ein ganz klein wenig in den Reiseleiter verliebt habe. Ein ungeheuer gebildeter Mann sei das gewesen, klar, viel zu jung für sie, und eigentlich seien sie alle in der Gruppe, fast nur Frauen, ein ganz klein wenig verliebt in ihn gewesen. Sie sei aber sicher, er habe sich beim Erklären der Sehenswürdigkeiten vorwiegend an sie gewandt. Da sei etwas gewesen, das könne man nicht beschreiben, ein Gleichklang, eine Art Schwingung … Also, nicht dass ich denke, sie verstehe mich nicht. Und über Geschmack lasse sich ja bekanntlich nicht streiten. Die Hauptsache sei doch, dass es mir gut tue.

Aber es tut mir nicht gut. Die Liebe ist schrecklich. Sie macht mich fertig. Ich halte das nicht mehr aus. Ich bin zu alt, um verliebt zu sein. Mein Herz tut mir weh. Es entbehrt nicht der Lächerlichkeit, dass mein Herz wehtut. Ich bin zu der Zeit siebenundsechzig und weiß, dass es keinen Ort auf der Welt gibt, wo die Liebe mich in Ruhe lässt. Ich erkenne, dass sie mir das Herz brechen will. Mein Herz ist ein altes Herz. Ich spüre das. Wenn es jetzt bricht, wird es für immer gebrochen sein. Natürlich habe auch ich zunächst an den Wellness- und Jugendlichkeitsfaktor der Liebe gedacht. Ist das nicht fabelhaft, dass ich mich in meinem Alter noch einmal verlieben kann? Insgeheim habe ich gehofft, dass man es mir ansieht. Dann, etwas später, ist mir das Herzbrecherische der Liebe aufgegangen. Das bringt mich um. Dafür bin ich nicht mehr gemacht. Ich zähle die Tage bis zu deiner Rückkehr. Unterdessen zieht ein regnerischer, aber milder Frühling ins Land. Die Knospen brechen. Die Luft ist voller Düfte. Der Ostermond geht auf und nimmt wieder ab. Ende April bist du wieder da.

Ich rufe dich sofort an. Mein Herz klopft wie wild. Deine tiefe, warme Stimme begrüßt mich am Telefon. Es ist dein Anrufbeantworter. Zeichnet dein Apparat auf, wie oft ich anrufe? Zwar lege ich jedes Mal gleich auf, bin aber nicht sicher, ob er das vielleicht tut. Du wirst glauben, ich bin eine Stalkerin. Bin ich auch. Vielleicht erkennst du ja meine Nummer auf deinem Display und gehst mit Absicht nicht dran. Zwei Monate. Ich weiß nicht einmal, wo du gewesen bist. Höchstwahrscheinlich war deine Freundin dabei, und eure Beziehung ist enger geworden, als sie schon war. Bei einer so langen gemeinsamen Reise bleibt das nicht aus. Hast du ihr von mir erzählt? Hat sie dir die Augen geöffnet bezüglich der Beharrlichkeit, mit der ich dir nachstelle? Hat sie zu dir gesagt: Nimm dich in Acht?

Ich weiß ja, dass du niemals bei mir anrufen wirst. Das tust du nicht. Ich bin mit einem schwerkranken alten Mann verheiratet. Dessen Frau rufst du nicht an, um dich mit ihr zu verabreden. Selbst mein Handy ist für dich sakrosankt, obwohl ich dir die Nummer schon vor längerer Zeit gegeben habe. Für den Notfall. Doch welcher Notfall sollte das sein? Du kennst keinen Notfall, der mit mir zu tun hat.

Eine Woche später erreiche ich dich. Du bist eben zurückgekommen. Das sei von Anfang an so geplant gewesen. Es ist mir so peinlich. Kaum betrittst du dein Haus, klingelt auch schon dein Telefon, und ich bin dran.

O das macht nichts, sagst du. Wo brennt's denn?

Die Frage ist impertinent und taktlos. Ich nehme mir vor, sie dir niemals zu verzeihen. Doch im Augenblick bleibt mir nichts anderes übrig, als meine Zuflucht zu dem Buch zu nehmen, das du mir auch diesmal beim Abschied gegeben hast. Mir ist vollkommen bewusst, wie durchschaubar ich bin.

In dieser Woche wird nichts mehr draus, sagst du. Ich muss in meinen Kalender schauen, warten Sie. In der nächsten Woche sieht es auch schlecht aus. Vielleicht am Dienstag? Du meinst die übernächste Woche.

O ja, sage ich. Warum nicht?

Ich weiß jetzt, dass es hoffnungslos mit dir ist. ER HAT KEINE EILE, DICH WIEDERZUSEHEN. Danke. Ich habe verstanden.

Immer wieder derselbe Traum. Eine schnurgerade Straße, von hohen Mauern rechts und links gesäumt. Eine Frau kommt mir entgegen. Wir werden einander nicht ausweichen können. Ich weiß, was hinter den Mauern ist: Gräber. Ich kann deutlich den Engel erkennen, der über eine der Mauern ragt. Ein Todesengel. Ein Schutzengel. Sie sind immer beides. Ich fürchte mich auf dieser Straße. Ich muss sie immer wieder gehen, wenn ich nach Hause will. Und ich begreife, es ist gar kein Traum, es ist eine Erinnerung. Denn wir wohnten am Friedhof, als ich noch ein Kind war. Genauer gesagt, an zwei Friedhöfen. Die Straße zwischen den Mauern, die zu unserem Haus führt, trennte den lutherischen Teil vom reformierten. So war das noch bei uns. Neben mir geht meine Schulfreundin Liselotte. Und die Frau, die uns entgegenkommt, ist meine Mutter.

Deine Mutter ist ja schwanger, sagt Liselotte.

Ach was, sage ich, davon weiß ich nichts, und begreife sofort, dass ich es dadurch noch schlimmer, viel schlimmer mache. Denn meine Mutter i s t schwanger, wie ich mit den Augen von Liselotte erkennen kann. Sie ist sehr schwanger. Sie hat mir nichts davon gesagt. Und ich habe es nicht bemerkt. Ich bin elf Jahre alt. Meine Mutter kommt näher. Sie bleibt bei uns stehen. Ihr Mantel klafft. Ihr Bauch wölbt sich uns entgegen. Mein kleiner Bruder darin ahnt nichts von der Schande seiner pränatalen Existenz. Doch ich weiß, wie er entstanden ist. Mir machen sie nichts mehr vor, die Erwachsenen. Ich durchschaue das Getue, mit dem sie darüber täuschen wollen, wer sie wirklich sind. Ich ermesse den tiefen Abgrund von Verrat und Heuchelei, der sie von mir und ausgerechnet Liselotte trennt, die nicht meine beste Freundin ist und es jetzt noch viel weniger jemals werden kann. Das besonders werde ich meiner Mutter niemals verzeihen können, dass sie in diesem Augenblick, in dem mein kleiner Bruder in mein Leben tritt, mit Liselotte gemeinsame Sache macht.

Die Kränkung, die mir widerfährt, ist heute genauso schmerzhaft wie vor fast sechzig Jahren. Nur was gestern war, weiß ich nicht mehr. Oder letzte Woche. Was war letzte Woche? Ich war im Kino, das weiß ich. Aber keine Ahnung, in welchem Film. Ich suche in allen Taschen nach der Kinokarte. Es macht mich verrückt, dass ich sie nicht finde. Ich muss im Internet nachschauen. Wahrscheinlich ist der Film ja noch im Programm, und wenn ich den Titel sehe, wird mir auch der Rest einfallen. Es hat keinen Sinn mehr. Tausend Filme gesehen. Tausendmal aufgeregt. Mitgeängstigt. Mitgefiebert. Mitgeliebt. Mitgehofft. Mitzutodeerschrocken. Tausendmal spät in der Nacht eingeschlafen vorm Fernseher. Tausendmal nicht erfahren, wie es weiterging. Tausendmal nicht genug Wachheit besessen, um wirklich dabei zu sein, wenn die entscheidende Wendung eintrat. Hoffnung, Gefühle, Leidenschaften verschenkt. Wofür? Liebesspiele. Todesarten. Kampftechniken. Ränke. Intrigen. Und von allem ein Overkill. Mein Gedächtnis eine Mülldeponie, übervoll. Und was bleibt? Ein paar Bilder, wie selbstgeträumt. Ein kleiner Junge, der ein verbotenes Hotelzimmer betreten wird. Männer in einem Gefängnishof, in dem auf einmal eine Mozartarie erklingt. Ein Paar, das sich liebt, und ein Kleinkind, das währenddessen aus dem Fenster fällt. Und die Stimme eines Countertenors, der dazu Händel singt. *Lascia ch'io pianga* … Das meiste andere: vergessen. Wegwerfinhalte, entsorgt. Speicherplatz für Neues freigemacht. Nichts gibt es, was mein Gehirn besser kann. Besser können musste. Vergessen. Ist es ein Wunder, dass es das jetzt am Ende am besten beherrscht?

Le passé – Das Vergangene. Ich habe die Karte wiedergefunden, indem ich mich daran erinnert habe, welchen Mantel ich an dem Abend getragen habe. Immerhin. Von dem Film weiß ich nicht mehr viel. Eine Familiengeschichte im Migrantenmilieu. Nichts Besonderes. Oder? Würde ich das Gesicht der Hauptdarstellerin wiedererkennen? Eine von diesen sanften, rehäugigen Frauen, denen man gar nicht zutraut, dass sie ein eigenes Schicksal beanspruchen. Ich weiß nicht mehr genau wie, doch der Film widerlegt es. Soviel nach einer Woche noch.

Ich muss mich beeilen, wenn ich mein eigenes Leben nicht vergessen will. Eine Sicherungskopie davon hinterlegen. Bevor mein Liebesgedächtnis mich verlässt.

Es war das Jahr, in dem der Sommer bis in den November dauerte. Anfang Oktober trug ich noch ein Sommerkleid, keine Strümpfe. Es war hellblau, und es hängt immer noch in meinem Kleiderschrank. Ziemlich kurz. Ich weiß noch, wie ich gedacht habe: Jetzt kriegt er meine Beine gezeigt.

Meine Beine waren immer mein bestes Körperkapital. Keine Krampfadern, den Genen meiner Mutter sei Dank. Sie hatte bis zu ihrem Tod mit neunundachtzig schlanke Beine. Ein bisschen Selbstbräuner, dann kommt das immer noch gut. Die Männer sehen anders hin, wenn man Beine zeigt. Zu meinem großen Erstaunen kann ich das bis heute feststellen. Sie können nicht anders.

An diesem Tag hatte ich eine Freundin zum Zug gebracht, die zu Besuch da war, und konnte damit meine Abwesenheit für ein paar Nachmittagsstunden vor Maria rechtfertigen. Es war nicht mehr mein Mann, den es interessierte, wohin ich ging, wenn ich für länger das Haus verließ. Doch Maria hatte begonnen, mich zu beobachten. Vielleicht bildete ich es mir auch nur ein. Aber für Maria brauchte ich Vorwände. Einkäufe. Treffen mit Freundinnen. Arztbesuche. Ich versäumte es nie zu erklären, warum ich für ein paar Stunden abwesend sein würde.

Es war noch etwas zu früh, um vor deiner Tür zu stehen, als ich vom Bahnhof kam. Ich parkte mein Auto auf einem Feldweg, nicht weit weg von deinem Haus, und machte einen Spaziergang. Mein heutiges Ich würde mich gerne dabei begleiten. Es würde mir zuflüstern: heute. Es ist soweit.

Und ich wusste das. Meinem heutigen Ich erscheint es so, als wenn mein damaliges Ich es auch gewusst hätte. Es war soweit. Seit unserem Wiedersehen im Mai brauchten wir keine Bücher mehr, um uns bei dir zu treffen. Es war einfach ausgemacht. Ich rief wie immer zwei Wochen nach meinem letzten Besuch bei dir an und wir verabredeten uns für die nächste

Woche. Dienstag war unser Tag. Doch es wurde nie Routine. Jeder Dienstag musste von mir aufs Neue erfragt werden. Darf ich …? Und du: Da muss ich meinen Kalender sehen. Doch. Das geht.

Dein Terminkalender, das sind die Herrenhuter Losungen. Zwei Bibelsprüche für jeden Tag. Einer aus dem Alten, einer aus dem Neuen Testament. Du bist ein frommer Mann. Das gehört zu dem Zauber, den du für mich besitzt. Ich weiß das längst. Ein Faszinosum muss dabei sein, und ich bin zu alt, um noch auf irgendein anderes Faszinosum hereinzufallen. Schönheit und Körperkraft fallen weg. Das Spiel ist ausgespielt. Reichtum, akademische Ehren, Prominenz, all das hat seine faszinierende Macht für mich eingebüßt. Aber dein spiritueller Charme überwältigt mich. Er ist sehr diskret. Keine Bekenntnisse. Nichts, was mich verstört. Auch ich verhalte mich sehr diskret. Einmal werde ich sagen: Ich nehme an, Sie haben die Gewohnheit, zu beten. Ja, sagst du. Mehr nicht. Ich weiß, dass du manchmal in der evangelischen Kirche in deinem Stadtteil predigst, seit du nicht mehr im Krankenhaus arbeitest. Sie nennen das Prädikant. Ich traue mich niemals, hinzugehen. Es käme mir aufdringlich vor, ein unerlaubtes Vordringen in einen Bereich, der dir vorbehalten ist. Du würdest es nicht schätzen, mich da anzutreffen, so scheint es mir. Und ich habe Angst davor, dass es mir peinlich wäre, dich zu erleben, wie du das Wort Gottes auslegst. Wir sprechen nie über Gott, über Jesus und all das. Dennoch spüre ich den Zauber davon, wenn ich an deinem Küchentisch sitze. Wir sprechen da über ganz innerweltliche Dinge. Dein Leben. Mein Leben. Unsere jeweils zwei Ehen. Denn erstaunlicherweise hat auch deine erste Ehe wie meine mit einer Scheidung geendet. Ich erfahre nicht, wie das zu dir und deiner Frömmigkeit passt. Du habest lernen müssen, sagst du, dass Dinge, die im Leben anderer Menschen passieren, auch in deinem Leben geschehen.

Der Satz steht wunderbar still und klar im Raum. Etwas schwingt in ihm mit, was ich erst später versuche herauszuhören: Vielleicht ist auch dies, dass wir so miteinander reden, etwas, das unvorhersehbar in deinem Leben passieren konnte.

Deine beiden Ehen, sagst du, hätten dich sehr angestrengt.

Ich glaube zu wissen, was du damit meinst.

Und jetzt ruhen Sie sich davon aus?

Du könnest sehr gut allein leben. Früher oder später müsse man das lernen. Und: Du seist nie wirklich allein.

Sie meinen: nicht einsam.

Nicht verlassen. Ja.

Ich ahne, wovon du sprichst.

Sie sind ein struktureller Zölibatär, sage ich.

Das bringt dich zum Lachen. So etwas Ähnliches. Ja.

Schade, dass Sie nicht katholisch sind. Solche Leute, glaube ich, haben die immer gesucht.

Ach, sagst du, ich weiß nicht.

Eine Pause entsteht.

Ich war auch immer ein Mann, sagst du.

Als ich dreizehn war, auf dem Heimweg vom Tennisplatz, ging ein Junge neben mir her, während ich mein Fahrrad schob, und legte plötzlich seine Hand auf meine Hand. So wie die Hand dieses Jungen auf meiner Lenkstange, ein kühner Griff, überraschend, so wirkt dieser Satz auf mich.

Und? Sind Sie das immer noch, müsste ich fragen. Aber wie damals bin ich erstarrt und unfähig zu reagieren. Wie damals muss ich mich erst in dieser neuen Zone zurechtfinden.

Es gibt kein Flirtprogramm zwischen uns. Keine Herausforderungen von keiner Seite. Nie. Später einmal wirst du fragen: Warum hast du mir nicht gesagt, dass du dich in mich verliebt hattest?

Hätte ich das wirklich tun sollen? Ein beherzter Griff in das Rollenfach weiblicher Liebhaberinnen? Hier bin ich! Sie können mich haben! Meine Gefühle herauslassen, wie man so sagt. Große Oper. Ach, ich hätte uns beide damit überfordert. Dich ganz gewiss.

Du kennst alte Wörter wie: Keuschheit. Ein Wort, das in meinem Lebensvokabular nicht vorkommt.

Und nirgends mehr, soweit mein Gegenwartssprachwissen reicht. Es ist ein beinahe obszönes Wort für mich. In der von mir wahrgenommenen Welt, in der das Obszöne alltäglich geworden ist, bekommt die Gegenobszönität solcher Wörter etwas überraschend Schockierendes: Unschuld. Reinheit.

Als ich dir einmal erzähle, dass ich eine Beziehung beendet habe, weil ich feststellte, dass der Mann ein Bordellgänger war, lächelst du versonnen.

Ich war noch nie im Bordell, sagst du. Ich wüsste gar nicht, wie ich mich da benehmen müsste.

Ich sage: Ich glaube, die Nutten sind da sehr hilfreich. Die würden Ihnen schon zeigen, wie Sie sich benehmen sollen.

Ach, sagst du mit demselben versonnenen Ausdruck. Und nach einer Pause: Es käme mir gottlos vor.

Gottlos. Auch so ein Wort.

Nein, keine Geständnisse meinerseits. Nichts, was dich provoziert. Ich hätte alles zerstört damit, glaube ich. Es war eine Zeit, in der wir beide den Atem anhielten, wenn wir zusammen waren. Etwas war möglich geworden. Wir wunderten uns. Wir staunten. Wir hatten von solcher Möglichkeit nichts gewusst. Etwas wuchs. Etwas weitete sich. Ein Raum, in dem wir noch scheu und neu waren. Wir erfanden ihn, und er erfand sich uns. Und wir wussten beide noch nicht genau, wie wir uns darin zu bewegen hatten.

So wie du im Bordell, in dem du nie warst. Nur anders. Ganz anders.

Ich schrieb dir einen Brief. Ich schrieb dir von dem Neuen, das mit mir geschehen war. Wie sich alles geändert hatte, obwohl alles beim Alten geblieben war. Dass die Verbitterung gewichen war, dass ich liebevoller geworden war, geduldiger mit meinem kranken Mann, freundlicher zu Maria. Dass ich es dir verdankte, dass es so war.

Sie haben mir einen so schönen Liebesbrief geschrieben, wirst du beim nächsten Mal sagen.

Einen Liebesbrief? Habe ich einen Liebesbrief geschrieben?

So viel Heuchelei muss sein.

Ja, sagst du.

Ich kann den Tonfall noch hören, in dem du es sagst. Nicht überwältigt, eher distanziert, amüsiert. Ja, das haben Sie.

Wir sind immer noch jeder an seiner Seite des Küchentisches, und du nimmst nicht meine Hand oder irgendetwas in dieser Art. Wir bewegen uns noch immer übervorsichtig in diesem Raum, der um uns entstanden ist und in dem dein Ja nachhallt. Wenn ich später gehen muss, werden wir uns umarmen, länger als beim ersten Mal, bei jedem Abschied von jetzt an etwas länger. Ich kann deine Wirbel im Nacken unter meiner Hand spüren. Eine bizarre Knochigkeit spüre ich. Du bist zu dünn. Kein Fett unter deiner Haut. Wenn ich dich nicht schon liebte, könnte es mich abschrecken. Doch dafür ist es zu spät. Wenn wir uns aus dieser Umarmung lösen – Wer löst sich? Du oder ich? – kann ich für einen Moment deinen Gesichtsausdruck sehen, bevor du ihn korrigierst. Du hast entrückt ausgesehen, denke ich. Entrückt ist das Wort dafür. Ein anderes fällt mir nicht ein für das, was du mich nicht sehen lässt, solange du mich an dich gepresst hältst und dein Gesicht hinter meinem Kopf verbirgst. Ich bin verwundert über dieses Gesicht. Es sieht aus, als fühltest du etwas, während du mich umarmst, von dem ich nichts weiß und nichts wissen soll. Ich habe die Hoffnung, dass es dasselbe ist, was ich fühle. Doch wenn ich das nächste Mal vor deiner Tür stehe, gibt es da nichts mehr, woran wir anknüpfen. Es ist wie bei diesen Spielen: wieder zurück auf Start.

Mein erster Blick auf dich ist immer noch eine Enttäuschung. Dieser Mann? Was finde ich nur an ihm? Er ist kleiner, älter, gebeugter, als ich ihn in Erinnerung habe. Sein Dialekt geht mir auf die Nerven. Die Wohnung könnte gelüfteter sein, die Küche aufgeräumter, wenn er mich erwartet. Ich komme aus einer überaus kultivierten Häuslichkeit zu dir, großzügige hohe Räume, teuerste Böden, mit Edelmobiliar bestückt, alles sehr aufgeräumt und personalgepflegt. Doch das hat nichts zu tun mit dem Anflug von Enttäuschung, die mich ganz kurz streift, wenn du mir die Hand gibst und mich hereinbittest. Ich bin nicht mehr auf Gattenfang. Ich muss nicht deine Eignung zum Lebensgefährten testen und bin deswegen sehr erleichtert. Sind wir jemals vorher im Leben so frei gewesen? All diese lästigen Nebeninstinkte, die bei der Partnerwahl mitsprechen, können wir ausknipsen. Hat er Geld? Ist er gebildet? Hat er denselben Geschmack wie ich? Lebensstil? Reisekultur? Alles unmaßgeblich für uns. Es ist unser Alter, das uns so frei gemacht hat. Ich kann mich ganz auf dich konzentrieren. Den Zauber, den deine Stimme für mich hat. Selbst wenn sie Schwäbisch spricht. Die speziell für mich entworfene Schönheit der Linien, die dein Gesicht bilden. Selbst wenn es sich dabei streng genommen um Falten handelt. Deine Augen. Manchmal fasse ich Mut und sehe direkt hinein. Es ist die äußerste Kühnheit, zu der ich fähig bin. Mein Leben lang bin ich eine AufdenMundSeherin gewesen. Keine Ahnung, warum. Ich bilde mir ein, dass ich weder falsch noch verschlossen im Umgang mit Menschen bin. Scheu vielleicht, schüchtern. Direkter Augenkontakt hat mich immer Überwindung gekostet. Mein Gott, wir wissen doch alle, was auf unseren Stirnen geschrieben steht: Möge mich! Verstehe mich! Finde mich um Himmels willen gut! Muss man das auch noch durch Blicke bekräftigen? Aber was bleibt mir bei dir denn anderes übrig? Für einen Moment, einen wahrhaften Augenblick, findet tatsächlich so etwas wie ein Erkennen in unseren sich treffenden Blicken statt. Es ist aber eher erschreckend, schwer auszuhalten für länger als diesen Augenblick, und ich weiß jetzt, warum ich es selten riskiere.

Seit wir uns zum Abschied umarmen, habe ich nichts anderes als meinen Abschied im Sinn, während ich an deinem Küchentisch sitze. Andererseits wird der Abschied wieder ein Abschied für drei Wochen sein. Also ist es wohl besser, die Umarmung vor mir zu haben als hinter mir. Einmal geschieht es, dass du Besuch bekommst, während ich bei dir bin. Ein Kollege und Freund, den du mir vorstellst. Tut mir leid, wenn ich störe, sagt er, ich wusste nicht, dass du Besuch hast.

O, das macht nichts, sage ich. Ich wollte sowieso gerade gehen.

Du bringst mich zur Haustür und ziehst mich kurz an deine Schulter, bevor du mich entlässt. Das wirft uns drei Wochen zurück. Der Sommer neigt sich. August. Maria hat Urlaub. Den braucht sie. Das steht ihr zu. Die Agentur, die die Pflegerinnen aus Polen vermittelt, hat mir Ersatz versprochen. Doch eine Bozena, mit der ich telefoniert habe, trifft nicht ein. Morgens und abends kommt der mobile Pflegedienst, aber ansonsten bin ich auf mich gestellt. Mein Mann ist, vor allem nachts, furchtbar unruhig. Ich schlafe bei ihm auf dem Sofa. Er ruft immer wieder nach Karin.

Ich habe keine Ahnung, wer Karin ist. Er beschimpft sie. Er bettelt. Er fleht. Wo bleibst du, Karin? Warum kommst du nicht?

Ich stehe auf, gehe zu ihm und mache das Licht an. Er scheint mich gar nicht zu sehen. Karin, ruft er.

Hier gibt es keine Karin, sage ich. Ich nenne ihm meinen Namen. Ich bin bei dir.

Er sieht mich wie eine Fremde an, sucht an der Decke, als stünde dort geschrieben, wo Karin ist. Dann fallen ihm wieder die Augen zu.

Ach, was tut ihr mir unrecht, seufzt er tief resigniert.

Am Tage fragt er: Wo ist die Frau?

Ich sage: Wen meinst du? Maria?

Die immer da ist, sagt er.

Ich sage: Ich bin da.

Aber es ist nur zu deutlich, dass er nicht mich meint.

Ich denke daran, dass es eine Zeit gab, zu der ich geglaubt habe, es sei das Schlimmste, was mir im Leben bevorstehe, dass er vor mir stirbt. Wenn wir je kirchlich geheiratet hätten und jemand hätte gefragt: Willst du … bis der Tod euch scheidet, dann hätte ich nicht »ja« geantwortet, sondern: Der Tod soll uns nicht scheiden. Wir haben aber nicht kirchlich geheiratet. Und es ist auch nicht der Tod, der uns scheidet, sondern das Leben hat uns geschieden.

Eine Woche später steht Bozena vor der Tür. Ich habe aber inzwischen bei einem privaten Pflegedienst eine Nachtschwester engagiert, sodass meine Nächte wieder mir gehören. Ich versuche, Bozena loszuwerden, doch sie hat einen Vertrag von der Agentur dabei und verlangt die Bezahlung für zwei Wochen, damit sie wieder geht. Schließlich einigen wir uns auf eine Woche. Soviel ist es mir wert, sie wieder aus dem Haus zu haben. Nach einer weiteren Woche kommt Maria endlich wieder zurück. Ich habe dich jetzt drei Wochen nicht gesehen und telefoniere mehrmals mit deinem Anrufbeantworter. Schließlich teile ich ihm mit, dass ich dich am Dienstag besuchen will. Rufen Sie mich zurück, sage ich, unsere Gepflogenheiten ignorierend. Kurz darauf rufst du tatsächlich an. Ich renne mit dem Handy hinaus in den Garten.

Dienstag, sagst du. So lange noch?

Ich fasse Mut. Ich sage: Ich könnte auch heute.

Jetzt?

Ja.

Ja.

Ja.

Eine Viertelstunde später bin ich bei dir. Ich schätze, ich sehe nach Liebeskummer, häuslicher Verzweiflung und schlecht geschlafenen Nächten aus. Diesmal empfängst du mich mit einer Umarmung. Wir sind ein bisschen atemlos, als wir am Küchentisch Platz nehmen. Der Tisch fungiert als Barriere zwischen uns. Diese Funktion hat er anfangs nicht gehabt. Sie ist ihm mit der Zeit zugewachsen. Man kann es seinen Kanten jetzt deutlich anfühlen. Manchmal umfasse ich sie mit beiden Händen, wenn ich auf meinem Platz auf der Eckbank sitze, als wollte ich ihn von mir wegschieben. Aber das würde ich natürlich niemals tun. Ich bin einfach bedürftig nach der Umarmung, die mich am Schluss erwartet, und breche noch einmal die Spielregeln.

Ich muss schon bald wieder gehen, sage ich. Darf ich trotzdem am Dienstag wiederkommen?

Du hilfst mir sehr, indem du so tust, als hätte das nie infrage gestanden.

Dann sollte ich mich jetzt verabschieden, sage ich.

O ja, sagst du.

Und wir verabschieden uns. Es dauert diesmal sehr lange. Es ist nicht immer leicht, das Gleichgewicht zu halten, während wir uns verabschieden. Wir schwanken so hin und her und müssen uns mehrmals an deiner Garderobenwand abstützen. Ich denke an dein ein Meter zwanzig breites zölibatäres Bett hinter der Schiebetür.

Schade, sage ich, sehr nah an deinem Ohr, dass Sie nicht mir ins Bett gehen. Allein die Horizontale würde uns gut bekommen.

Der Ball liegt in deinem Feld. Aber du bist offensichtlich zu überrascht, um etwas damit anzufangen. Und ich lasse dich jetzt wohl am besten einfach mal stehen.

Als ich wieder auf der Straße bin, hat eine fröhliche, leichte Siegerstimmung von mir Besitz ergriffen. Ich hätte nie gedacht, dass es so einfach ist, dich unter Zugzwang zu setzen.

Dennoch vergehen auch dieses Mal wieder drei Wochen, bis wir uns wiedersehen. Im Laufe der zweiten Woche passiert etwas Schreckliches. Maria erkrankt an einer Virusgrippe. Ich habe jetzt für zwei Patienten zu sorgen, was umso schwieriger ist, als Maria von ihrem Zimmer aus kontrolliert, ob ich auch alles, was die Pflege meines Mannes betrifft, zu ihrer Zufriedenheit erledige. Die Tür zu ihrem Zimmer steht immer offen, und in ihren Befehlen schwingt meistens eine gewisse Missbilligung mit. Herr Doktor braucht ... Herr Doktor wartet auf ... Herr Doktor ist daran gewöhnt ... Herr Doktor will jetzt nicht gestört werden. Um mich vor Maria nicht zu blamieren, verzichte ich auf das neuerliche Engagement einer Nachtschwester, schlafe aber bei geschlossener Tür in meinem Zimmer im ersten Stock, wo mich die nächtlichen Rufe nach Karin nicht erreichen.

Herr Doktor hat die ganze Nacht nach Ihnen gerufen, teilt mir Maria mit.

So?, sage ich. Davon habe ich nichts gehört.

Maria ahmt seine Stimme nach, artikuliert meinen Namen. Erneut habe ich das Gefühl, dass zwischen diesen beiden, Maria und meinem Mann, ein Einverständnis besteht, dessen Quelle sich meiner Kenntnis entzieht. In der nächsten Nacht lasse ich die Tür offenstehen und kann es wieder hören: Karin! Wo bist du, Karin? Und die Schritte von Marias Zimmer zu seinem.

Ich bin zu sehr mit dir und mir beschäftigt, um der Sache auf den Grund zu gehen. Meine größte Sorge besteht darin, mich bei Maria anzustecken. Viren sind wirklich das Letzte, was ich jetzt brauchen kann. Ich besorge mir homöopathische Tropfen in der Apotheke, die mein Immunsystem stimulieren, wie mir versichert wird. Ich nehme sie gewissenhaft stündlich ein und bin, wie sich zeigt, durch dieses magische Handeln zuverlässig gefeit. Homöopathie. Placebo. Egal. Ich bin so tief mit den Kräften des Lebens im Bunde, dass mir kein Virus jetzt etwas anhaben kann. Und auch Maria gesundet. Wir könnten uns wiedersehen.

Und wir sehen uns wieder.

Ich habe schon früh angefangen, euch nicht zu beneiden. Nie gewünscht, ein Mann zu sein. Du wirst mich später danach fragen. Nein, niemals. Ihr seid es, die es tun müssen. Ihr müsst damit anfangen. Ihr müsst es zu Ende bringen. Ihr wisst es alle. Wie schwer es euch geworden ist. Wie viel Mut ihr gebraucht habt. Wie tief ihr gestürzt seid. Wie entsetzlich die Angst gewesen ist. Wie verzweifelt euer Begehren, dass ihr so viel, eure Niederlage, riskiert. Wie ihr euch auf etwas verlassen müsst, das ihr Potenz nennt. Macht. Mächtigkeit. Etwas, das keinen Zweifel an euch selbst duldet. Nein, ich wollte niemals tauschen. Ich wollte immer lieber die sein, die etwas erwartet. Und die im Bedarfsfall ihre Enttäuschung nicht sich selbst, sondern euch zuschreibt.

Als ich aufbreche, ist es schon spät. Ich muss dringend nach Hause. Maria hat an diesem Abend frei, und ich muss mich um meinen Mann kümmern. Wir haben kaum noch Zeit, uns in deiner Diele zu verabschieden. Ich möchte, dass du mich wenigstens richtig küsst.

Haben Sie auch eine Zunge, frage ich.

Diese Siezerei ist schon längst bizarr. Doch das Bizarre hat etwas, finde ich.

Und tatsächlich. Du lässt mich das warme, feuchte Tier in deinem Mund spüren. Ein großes, scheues Verwundern rieselt durch meinen Leib. Etwas Erstaunliches geschieht. Meine Enttäuschung schmilzt weg, verwandelt sich. Aber ich muss jetzt wirklich gehen.

Wir hätten früher damit anfangen sollen, sage ich.

Beim nächsten Mal, sagst du, fangen wir gleich damit an.

Ich weiß noch alle Sätze, in denen du wir gesagt hast und uns meintest. Wenn ich an dir verzweifle, sage ich sie mir auf. Einer von ihnen lautet: Wir sprechen auch nicht alles aus. Kontext: Es gibt keine haltlose Offenheit zwischen zwei Menschen.

Diese zwei Menschen sind wir. Du hast wir gesagt. Wir das sind wir. Zwischen uns gesagt, bekommt es etwas Intimes, das jedes mögliche und eigentlich wohlfeile Du in den Schatten stellt.

Beim nächsten Mal fangen wir gleich damit an. Kann es sein, dass du dich selbst unter Zugzwang gesetzt hast?

Drei Wochen später ziehe ich das hellblaue kurze Sommerkleid an und bringe meine Freundin zum Bahnhof. Ich habe Maria gesagt, dass es später wird, bis ich zurück bin. Sommer im Oktober. Du öffnest mir deine Tür. Du nimmst mich in die Arme. Du sagst, was du möchtest, sofort. Du verhaspelst dich dabei. Du sagst es wie jemand, der es sich vorgenommen hat, etwas zu sagen. Ich ahne, nein, ich weiß, dass du Mut dazu gebraucht hast. Ich ahne, wie fremd du dir selber bist, als du es zu mir sagst. Aber ich will nichts zerstören, fügst du hinzu.

Ich gehe dir voraus in dein Schlafzimmer. Wir sind jetzt zwei, die ein Liebespaar werden wollen. Wir ziehen uns aus, weil wir wissen, dass wir es tun müssen, wenn wir es werden wollen. Wir sind beide alt und haben nur diese Körper, die schon so lange bei uns im Dienst sind. Wir müssen uns auf diese alten Körper verlassen. Wir hoffen beide so sehr, dass sie genügen, meiner dir, deiner mir. Wir sind beide dankbar dafür, dass der Liebesakt keine Distanz zwischen unseren Körpern duldet, und hoffen darauf, dass ein Wunder geschieht, wenn sie sich berühren. Das Wunder geschieht tatsächlich, als du dich auf mich legst. Unsere Körper finden ineinander, ohne dass wir viel dazu tun müssten. Sie verhalten sich artgemäß.

Wie immer bin ich beim ersten Mal überrumpelt. Das geht mir alles zu schnell, möchte ich rufen. Moment. Was tun wir hier eigentlich? Seit länger als einem Jahr nähern wir uns in den kleinsten Schritten einander an. Und plötzlich dies. Das Überspringen von tausend nächsten kleinen Schritten. Ich hatte gedacht, es würde so weitergehen. Blicke. Scheue Berührungen. Langsames Begreifen von Sätzen, die ihre Bedeutung in einem tagelangen Nach und Nach enthüllen. Still wachsende Magie, bis wir einander wie von selbst zufallen. Stattdessen dieser, nun ja, gewöhnliche Akt, den du ohne nennenswerten Gefühlsaufwand vollziehst. Ich komme mit dem Begreifen nicht hinterher. Nicht zu reden von meinen Gefühlen. Und wenn ich dich nicht schon liebte, wenn ich selbst nicht schon so viel Gefühlsaufwand betrieben hätte, dann wäre vielleicht, mein Liebster, dies erste Mal auch das letzte gewesen. Doch während du neben mir liegst und die Augen geschlossen hältst, habe ich zum Begreifen ausreichend Zeit. Und heute, da ich dies schreibe, denke ich, dass auch du diese Zeit zum Begreifen gebraucht hast.

Im Oktober geht ein Sommertag früh zu Ende. In seinem golden getönten Dämmerlicht, das durch die halb geschlossenen Rollläden dringt, sehe ich dein Profil mit der scharf gezeichneten Nase, die Züge geglättet, wie sie es immer sein werden, wenn du auf dem Rücken liegst. Jung kommst du mir auf einmal vor, so als trügest du noch einmal dein Gesicht von vor Jahrzehnten für mich, und ich denke daran, dass du wahrscheinlich niemals mit einer geschlafen hast, mit der du nicht verheiratet warst. Oder die du nicht bald zu heiraten gedachtest. Aus dieser Welt kommst du. Darin bist du zu Hause. Ich nicht. Aber du. Es ist eine Bedingtheit wie andere Bedingtheiten. Hautfarbe. Religion. Kulturelle Verwurzelung. Du bist ein Exot für mich. Läufst unter uns herum wie andere Exoten, nur unauffälliger. Eine Art Migrant, eingewandert aus deiner konfessionellen Vergangenheit, uralter Frömmigkeitswelt, in diese All-inclusive-Kultur, deren Kinder wir anderen sind. Und wie jeder Migrant hast du einen weiten Weg zu uns zurückgelegt. Und wie sie alle hast du den Wunsch, deine Herkunft nicht zu verleugnen und trotzdem bei uns angekommen zu sein. So wie du es jetzt bist, im Bett neben mir. In der Welt, aus der du kommst, bin ich nichts anderes als eine Ehebrecherin. Dass mein Mann alt und krank ist, kommt erschwerend hinzu. Ich begreife, wie weit und schwierig der Weg von dir zu mir gewesen ist.

Wie viel Selbstüberwindung du gebraucht hast. Und wie viel Liebe, ihn zu gehen. Und dass es keine andere Möglichkeit für dich gegeben haben kann als die: ziemlich viel Liebe.

Da liegst du. Deine Hände sind nicht bei mir, sondern hinter deinem Kopf verschränkt. Ach, es tut mir so leid, dass ich dich zum Ehebrecher gemacht habe. Hoffentlich war der Kulturschock für dich nicht zu groß.

Rein technisch gesehen, sage ich so vorsichtig, wie es geht, hast du jetzt eine Geliebte.

Der Satz gefällt dir gut. Das Wort gefällt dir. Du willst es wieder und wieder hören und lernst, es nachzusprechen: Du bist meine Geliebte. So wie jemand, der die Sprache eines Gastlandes lernt. Mein Geliebter. Deine Geliebte.

Und es bekommt einen neuen Sinn.

Später, in deinem Bad, sehe ich uns im Spiegel, beide nackt.

Du sagst: Nimm dir ein Handtuch.

Das Handtuch, das ich mir nehme, ist dünngewaschen, alt, fast verbraucht, wie du. Wir trocknen jeder sich selber ab. Die beiden Anderen im Spiegel sehen uns dabei zu. Was eben geschehen ist, haben sie nicht mitgekriegt. Sie glauben noch immer, sie hätten alles hinter sich. Die großen Lieben. Den

Schmerz. Die Enttäuschungen. Mir fällt ein, dass ich deinen Namen noch nie gesagt habe. Noch immer bin ich zu fremd mit dir, um ihn über die Lippen zu bringen. Es ist erstaunlich, wie wenig intim Sex ist. Vielleicht will die Natur das so. Dass eigentlich jeder mit jedem kann. Könnte so sein, denke ich. Was sollte ihr an der Anhebung der Schwellen gelegen sein? Persönliches, Sympathie, ganz zu schweigen von Liebe, ist offenbar sehr nachrangig für das Zustandekommen einer sexuellen Interaktion. Während wir uns anziehen, teile ich dir meine sexphilosophischen Überlegungen mit.

Glaubst du wirklich, sagst du und umarmst mich mit der Wärme, die irgendwie wieder in dich zurückgeflutet ist. Unser Abschied ist sehr zärtlich. Komm wieder, sagst du. Komm bald. Ich möchte bald wieder sexuell mit dir interagieren.

Tagelang wird ein latentes Kichern in mir sein, wenn ich an diesen Satz denke. Nicht schlecht für die Liebe. Du wirst der erste und einzige Mann sein, mit dem ich im Bett lachen kann. Natürlich müssen wir noch üben, bis wir so weit sind. Aber so gesehen, war der Anfang gar nicht schlecht.

Irgendwann wirst du sagen: Man hat das Gefühl, man lebe, um in der Zukunft anzukommen. Aber man lebt, um in der Gegenwart anzukommen.

Ja.

Ja.

Ja.

Aber wie geht das? Ich sehe dein Gesicht über mir. Immer wieder bin ich überrascht, wie sehr du deinem Typus gleichst, all den Frommen, Asketen, Heiligen auf Renaissancebildern. Es liegt nicht an dem Bart, den du trägst. Obwohl dieser Bart davon zeugt, dass du deinen eigenen Typus kennst. Es ist der schmale Backenbart frommer Männer, Christen und Muslime gleichermaßen. Ein Bekennerbart. Du willst als jemand gesehen werden, der du sein willst. Es sind auch nicht die Furchen, die dein schmales Gesicht noch schmaler erscheinen lassen. Ein altes Gesicht. Das Gesicht eines Mannes, der lange gelebt hat. Ich weiß, dass man es sensibel nennen kann, vergeistigt. Aber das sagt nicht viel. Etwas in deinem Gesicht, etwas nicht Benennbares, sagt mir, dass du verletzlich und verletzt worden bist, und das hat vom ersten Moment an mein Herz berührt. So, von ganz nah, sehe ich in deine Augen, als sähe ich in meine eigenen. Deine Augen sind klein, dunkel, ohne Farbe in dem dämmrigen Schlafzimmer, wo wir uns lieben. Du siehst nicht weg. Vielleicht weißt du gar nicht, dass das etwas Besonderes ist, ein Mann, in dessen Augen eine Frau sich selbst sieht. Der ihr das erlaubt. Wie du vieles nicht weißt, auch Technisches über die Liebe.

Du hast mich ohne den Gestus des erfahrenen Mannes verführt. Das gefiel mir. Es gefiel mir sehr. Ohne dass ich die erfahrene Frau sein möchte, die du manchmal in mir sehen willst. Ich spiele sie für dich, wenn du es brauchst. Wenn du es brauchst, dann spiele ich alles für dich. Aber ich bin genauso unerfahren wie du in der Liebe. Denn dies ist unsere Liebe. Sie fängt mit uns an. Sie beginnt bei null. Kein Vorrat an erprobten Gesten. Alles ist neu. Ich lerne. Ich lerne langsam. *Trial and Error*. Ich lerne Schritt für Schritt, wie du mich dazu bringst, richtig für dich zu sein. Und wie ich dich dazu bringe, richtig für mich zu sein. Ich lerne aus den Fehlern, die ich gemacht habe. Ich bin alt geworden, habe Erfahrungen, aber in der Disziplin, dich zu lieben, bin ich ganz neu. Eine Anfängerin. Ich lerne deinen Körper. Die scharfkantigen Wirbel zwischen deinen Schultern. Meine Fingerkuppen lernen sie. Deinen Nacken, passgenau für meine Hand. Ich lerne ihn. Die trockene, weiche Haut unter meinen Händen. Ich lerne sie. Ich lerne deine Lust unter meiner Berührung, ich lerne dein außer dir Sein. Ich lerne deine Stimme, wie sie meinen Namen sagt. Ich lerne die Geheimnisse, die sie nah an meinem Ohr murmelt, ich verstehe die Worte nicht, ich lerne, dass deine Stimme selbst das Geheimnis ist. Ich lerne deine Männlichkeit. Ich lerne, darüber zu staunen, dass du ein Mann bist und dass mir das so gefällt. Ich lerne, dass deine Männlichkeit schutzlos ist, nackt und schön. Ich lerne, und es ist neu für mich, dass dieses aufgerichtete glänzende Ding an dir Schönheit besitzt, und ich höre mich es zu dir sagen und lerne, dass dich das glücklich macht. Ich lerne den Geruch deiner Haut. Ich lerne, dass er einzig und unverwechselbar ist wie du selbst und begreife plötzlich in aller Schärfe, was mit dem Geruch eines Menschen ist. Wenn er nicht mehr auf der Welt ist, verschwindet auch sein Geruch aus ihr. Er ist flüchtig und sterblich. Er hinterlässt keine Spur. Es erscheint mir unerträglich, deinen Geruch jemals zu verlieren, und ich begreife, dass ich dich mit allen Sinnen lieben muss. Ich liebe das Bett, in dem ich dich liebe, das Zimmer, in dem es steht. Immer wenn ich es betrete, nehme ich diesen Geruch tief in mich auf, das Aroma eines zukünftigen Schmerzes, der sich wie gegenwärtiges Glück anfühlt. Du bist da. Ich bin hier. Wir sind da.

Mehr Gegenwart gibt es nicht, höre ich mich sagen.

Wir sehen uns jetzt so oft, wie es geht. Doch die Intervalle sind nicht viel kürzer geworden. Wir haben ein Leben, du deins, ich meins, an dem der Andere keinen Anteil hat. Und wir haben beide nicht den Wunsch, es miteinander zu teilen. Die Liebe hat ihn nicht ausgelöst. Anders als die früheren Lieben, die wir erlebt haben. Du bist ein Zölibatär. Und ich bin eine

Ehefrau. Neben all dem anderen, was deine und meine Art zu leben unterscheidet. Dein asketischer, von bewusstem Verzicht auf Konsum geprägter Lebensstil. Deine mediale Enthaltsamkeit. Kein Internet. Kein Fernseher. Keine Musik auf Tonträgern. Unbegreiflich für mich. Dagegen mein Hang zu einer gewissen Üppigkeit. Genuss. Ambiente. Blumen. Eine Garderobe, in die ich lebenslang mehr Geld investiert habe, als mir selbst ganz richtig erscheint, und die mehrere Schränke füllt. In der Vorweihnachtszeit werde ich dir einen Adventsschmuck für deinen Küchentisch mitbringen. Ziemlich bescheiden, wie ich finde, und immerhin eine Art kultischer Gegenstand. Du lässt die Kerze so gut wie unangezündet, jedenfalls unverbraucht, und ich werde denselben Adventsschmuck im nächsten Jahr wieder bei dir vorfinden. Das ist mir nun wirklich bei Weitem zu viel an schwäbischer Sparsamkeit. Es ist einfach grauenhaft, und ich wundere mich, dass ich darüber lachen kann. Aber so ist es. Sei's drum, ich finde es komisch. Solange du nicht von mir verlangst, dass ich auch so bin. Aber das tust du ja nicht. Warum also sollte ich von dir verlangen, dass du ein Anderer bist, als du bist? Wir verzichten beide darauf, uns zu Partnern abzurichten. Wir müssen gar nicht verzichten. Wir haben das beide niemals beabsichtigt. Und liegt darin nicht vielleicht mehr Gemeinsamkeit als in einem gemeinsamen Lebensstil?

Trotzdem frage ich mich manchmal, was du mit deinem unzweifelhaft gesicherten Alterseinkommen machst, das ich mir bei einem ehemals leitenden Oberarzt einer großen städtischen Klinik nicht zu gering vorstelle, und erhalte mit der Zeit den Eindruck, dass du noch einige deiner Kinder unterstützt sowie eine Fachklinik in Mozambique, in der du früher in deinen Urlauben manchmal gearbeitet hast. Der schwäbische Geiz, begreife ich, hat verschiedene Gesichter. Was von ihm unverborgen ist, eine gewisse gewöhnungsbedürftige Kargheit des Lebensstils, ist nur eines davon. Und ich lerne sogar für mich von dir. Keine Fun- und Frustkäufe mehr, lerne ich. Denn es gibt kein Vergnügen, das meinem Vergnügen an dir noch etwas hinzufügen könnte, und das Wort Frust kann ich gar nicht mehr buchstabieren, seit du mit mir ins Bett gehst. Wen sollte ich mit neuen Outfits überraschen wollen, da ich mich für dich doch eher aus- als anziehe und im Übrigen nicht damit rechnen kann, dass du sie an mir bemerken würdest. Denn du bist gewiss kein Ästhet. Deine Augen sind fest geschlossen für manche Dinge, die ich als leuchtende Exempel irdischer Schönheit erachte. Häuser. Möbel. Stoffe. Gärten. Gewisse Farbkombinationen. Du siehst nicht, du lauschst. Nach innen. Sprache. Musik. Etwas, worin man die Stimme Gottes vernehmen kann. Wenn man still ist. Wenn man genau hinhört. Eine Spezialisierung, auf die hin man deine Sinne früh abgerichtet hat. Außen ist Äußerlichkeit für dich. Du bist nach innen gewendet. Du kannst innig sein und besitzt damit eine Eignung für die Liebe, die sich deiner Frömmigkeitspraxis verdankt. Und ich bin überrascht davon, wie nah die Liebe damit verwandt ist. Andacht. Hingabe. Versenkung. Lauter zutiefst fromme Übungen. Der blonde Engel aus meiner fernen Vergangenheit, in der Liebe und Frömmigkeit noch nicht geschieden waren, hat seine Gestalt gewandelt. Alt geworden, vom Leben gebraucht und gezeichnet, ist er wieder da. Und selbst alt, bin ich aus der Erstarrung erwacht, die mich damals befallen hat, als er mir leibhaftig entgegentrat und ich nicht in der Lage war, ihn zu begrüßen. Endlich habe ich es geschafft. Zum ersten Mal in meinem Leben habe ich nicht gewartet, dass ein Mann um mich wirbt, sondern um ihn geworben. Beharrlich. Ausdauernd. Verzweifelt. Mich manchmal an deinem Küchentisch um Kopf und Kragen geredet. Und du hast es herausgehört, das schüchterne Hallo, das ich damals nicht über die Lippen gebracht habe.

Allerdings musste ich dich ein wenig vom Pfad der Tugend abbringen. Das war nicht einfach. Aber es hat sich gelohnt.

Eines Tages, kurz nach Weihnachten, kann ich dich nicht erreichen. Ich rufe wieder und wieder an. Eine unerklärliche Unruhe ergreift Besitz von mir. Du bist häufig einmal nicht da, aber wenn du den ganzen Tag und auch noch spät am Abend abwesend sein wolltest, hättest du mir das gesagt. Ich bin ziemlich verzweifelt, als ich schließlich zu Bett gehe, und schlafe schlecht.

Am nächsten Morgen wieder nichts außer deinem Anrufbeantworter. Auch auf dem Handy meldest du dich nicht. Ich versuche es wieder und wieder. Verordne mir Intervalle von einer Stunde zwischen den Versuchen. Bis zum Mittag schrumpfen sie, bis ich es alle paar Minuten unter einer deiner beiden Nummern klingeln lasse. Am frühen Nachmittag fahre ich zu dir und sehe von Weitem, dass deine Rollläden geschlossen sind. Niemand öffnet auf mein Klingeln, und in deinem Briefkasten steckt noch die Zeitung vom Morgen. Du bist also seit gestern schon nicht mehr nach Hause gekommen. Oder bist du da drin, hinter deinen geschlossenen Rollläden? Einen Schlüssel zu deinem Haus hast du mir nie gegeben. Ich habe auch niemals daran gedacht, dass ich ihn brauchen könnte. Ich gehe zu deiner Garage und prüfe die Tür. Sie lässt sich öffnen. Dein Auto steht darin. Ich sehe allen Ernstes nach, ob – nein, es ist leer. Inzwischen arbeitet etwas in mir, eine fatale Neigung, leicht zwanghaft, zu Worst-Case-Szenarien. Auch eine nicht mehr ganz zu unterdrückende Wut. Warum tust du mir das an? Warum erlöst du mich nicht aus diesem hysterischen

Wartestand? Was immer dir zugestoßen ist, es enthält auch ein Maß an Rücksichtslosigkeit gegen mich, das nicht hinnehmbar ist. Schließlich muss dir doch klar sein, was du mir antust. Wie unerträglich diese Ungewissheit für mich ist. Ich werde dir keine Erklärung dafür, keine Ausrede durchgehen lassen. Außer, du bist nicht mehr am Leben. Alles andere kann niemals verziehen werden.

Jetzt rächt sich die hermetische Heimlichkeit unseres Verhältnisses. Es gibt niemanden außer uns beiden, der davon weiß. Jedenfalls niemanden, der mir jetzt weiterhilft. Ich weiß nicht einmal genau, in welchen Festnetzen ich nach den Nummern deiner Kinder suchen könnte. Vielleicht haben sie auch keine Festnetzanschlüsse. Zwei deiner Töchter sind verheiratet. Keine Ahnung, unter welchen Namen sie firmieren. Zudem glaube ich nicht, dass sie von meiner Existenz in deinem Leben wissen. Das wäre mir egal. Wenn mir nur jemand sagen könnte, was mit dir ist.

Ich setze mich wieder ins Auto und starre auf deine Tür. Ich werde mich nicht von der Stelle rühren, bis etwas geschieht. Es ist eher meine Empörung als die Angst um dich, was mir die Kraft verleiht auszuharren. Ich versuche mich in eine Art Tiefkühlaggregatzustand zu versetzen, in dem ich nichts mehr fühle, nur warte, nur der Zeit beim Verstreichen zusehe. Aber die Zeit tut das mit quälender Langsamkeit. So viel Kraft und Mut zum Heldentum habe ich nicht, um das lange durchzustehen. Ich brauche Zigaretten dazu und beschließe, der Situation eine Chance zu geben, sich zu ändern, indem ich zu einer Tankstelle fahre. Als ich zurückkomme, sehe ich, dass der Rollladen vor deinem Küchenfenster sich bewegt hat. Ich fühle sofort, dass ich dir, was immer du vorbringst, verzeihen werde, und klingele an deiner Haustür. Es dauert einige Zeit, bis sich von innen Schritte nähern und deine Silhouette hinter dem Glaseinsatz sichtbar wird. Aber der vor mir steht, ist um Jahrzehnte verjüngt und verwandelt.

Dein Sohn sagt, er habe dir seinen Besuch angekündigt und sei erstaunt, dass du nicht zu Hause seist. Aber das komme vor bei dir. Es sei kein Grund zur Besorgnis. Vermutlich seist du mit der U-Bahn in die Stadt gefahren. Du gingest da in die Bibliothek, und niemand wisse, wann du dann zurückkämest. Das sei durchaus üblich bei dir. Auch dass du eine Verabredung vergäßest. Du seist halt sehr eigen. Darüber rege er sich schon lange nicht mehr auf. Ob ich hereinkommen wolle?

Auf deinem Küchentisch steht ein angetrunkenes Glas, in dem ein Rest Bier schal geworden ist. Ich mache deinen Sohn darauf aufmerksam. Auch auf die geschlossenen Läden und die ungelesene Zeitung im Briefkasten.

Er hat offenbar nicht gefrühstückt, sage ich. Er würde doch zum Frühstück kein Bier trinken.

Was weiß ich, sagt dein Sohn ungerührt. Kann ja früh weg sein, als es noch dunkel war.

Ich sage ihm, dass ich dich seit dem Vortag schon nicht mehr erreichen könne. Haben Sie im Schlafzimmer nachgesehen, frage ich.

Habe ich, sagt er. Da liegt keiner tot im Bett.

Auf einmal entdecke ich, dass deine Jacke in der Garderobe am Haken hängt. Ein abgetragenes dunkelgraues Outdoor-Teil.

Er geht nie ohne diese Jacke aus dem Haus, sage ich.

Dein dunkelblauer Wintermantel hängt auch da. Draußen herrscht nasskaltes trübes Anfangjanuarwetter. Wenn du das Haus so verlassen hast, müssen wir uns jetzt wirklich Sorgen machen. Das sieht sogar dein Sohn.

Ob er Geld dabei hat?

Dein Sohn untersucht die Taschen von Mantel und Jacke und sieht an den Plätzen nach, wo du gewöhnlich dein Portemonnaie deponierst. Offenbar hast du es dabei.

Plötzlich fällt ihm etwas ein. Er erinnere sich. Du habest eine seiner Schwestern, die in Ulm lebt, besuchen wollen. Ja, das sei es. Da müsstest du sein.

Aber er wird doch nicht ohne Jacke oder Mantel zum Bahnhof gegangen sein.

Vielleicht habe sie dich abgeholt, vermutet er.

Kann man da anrufen?

Klar.

Jetzt sieht er mich an. Wer sind Sie eigentlich, fragt er. Die Schwester meldet sich.

Hier ist – Ich nenne meinen Namen. Er wiederholt ihn – Die vermisst unseren Vater. … Ja, das habe ich ihr auch gesagt. Will sie nicht glauben. … Alles im grünen Bereich … Ja.

Ist er da?, frage ich voller Hoffnung.

Nicht bei ihr. Aber sie glaubt auch, dass er irgendwo ist.

Irgendwo! Es gelingt mir, ruhig zu bleiben. Ich bin nicht in der Position, in diesem Haus aus der Rolle zu fallen.

Wir müssen die Polizei benachrichtigen, schlage ich trotzdem mit so viel Nachdruck vor, wie mir angemessen scheint.

Dein Sohn überlegt. Können Sie hier bleiben?, fragt er. Auf ihn warten? Ich muss mal eben nach München fahren. Habe da noch einen Termin heute Abend. Geht schnell. Ich bin bis elf wieder hier. Wenn er bis dahin nicht da ist, wenden wir uns an die Polizei.

Nach München! Zweihundertfünfzig Kilometer hin und zurück! Ich bin fassungslos. Dennoch färbt etwas von seinem Gottvertrauen auf mich ab. Jedenfalls für den Augenblick. Er gibt mir seine Handynummer, und ich bleibe in deiner Wohnung zurück.

Zum ersten Mal bin ich allein bei dir. Ich setze mich auf meinen Platz an deinem Küchentisch und lasse die Zeit in zähen Sekunden verstreichen. Warten. Einmal München hin und zurück. Es sei denn, dass du plötzlich hereinkommst. Doch daran kann ich nicht glauben. Gleichzeitig weiß ich, dass ich nicht von hier weichen werde, bis es geschieht.

Ich rufe Maria an. Erkläre ihr, dass ich heute Nacht bei einer Freundin schlafen werde.

Maria antwortet nicht. Sie bleibt einfach still.

Haben Sie mich verstanden?, frage ich.

Sie wollen nicht nach Hause kommen, sagt Maria ohne Betonung.

Meine Freundin ist krank geworden. Ich kann sie nicht allein lassen.

Ihr Mann ist auch krank, sagt Maria.

Aber Sie sind doch bei ihm. Ich bin Ihnen sehr dankbar, dass Sie bei ihm sind.

Besser, du bist zu Hause, sagt Maria.

Seit wann beherrscht sie die deutsche Höflichkeitsanrede nicht mehr? Ich sage ihr, dass ich zum Frühstück wieder zu Hause bin, und erschrecke, als ich mich das sagen höre. Ich bin noch nie über Nacht weggeblieben. Unser Verhältnis springt gerade aus den Schienen, die wir dafür gelegt haben, und rast mit hoher Geschwindigkeit irgendwo hin, wo ich die Dinge nicht mehr steuern kann.

Maria hat aufgelegt. Es ist dunkel geworden. Ich schließe den Rollladen vor deinem Küchenfenster, damit niemand mich von außen sehen kann, wie ich hin und her, hin und her gehe. Irgendwann sehe ich in deinem Kühlschrank nach. Essen gliedert die Zeit in ein Vorher und Nachher. Es hilft für eine kurze Weile. Ich finde mehrere Tafeln Schokolade und wundere mich, dass das anscheinend ein Grundnahrungsmittel bei dir ist, kann aber nicht mehr als drei, vier Stückchen runterbringen. Mein Organismus befindet sich im Empörungsmodus und verweigert die Nahrungsaufnahme. Irgendwann ziehe ich mich halb aus und lege mich in dein Bett. Ich schlafe natürlich nicht, bin aber auch nicht wach. Das merke ich, als mein Handy klingelt. Ich komme von weit her, als ich drangehe. Es ist dein Sohn.

Ist er da?

Nein, sage ich, der kommt auch nicht mehr, und erschrecke, als ich mich das sagen höre.

Es gibt keine Hypothese, die deine Abwesenheit erklären könnte. Sie ist einfach unbegreiflich. Monströs. Eine Zumutung. Nicht nur für meine Gefühle, sondern auch für den Verstand, der seinen Anspruch auf grundsätzliche Begreifbarkeit der Dinge nicht aufgeben kann. Der Geruch, der aus deiner Bettwäsche steigt, dein Fluidum, ist zurzeit alles, woran ich mich halten kann. Und das ist ja nichts.

Tatsächlich kommt dein Sohn nicht viel später als elf. Er muss einer der Raser auf der Autobahn zwischen Stuttgart und München gewesen sein. Jetzt glaubt er endlich auch, dass wir etwas tun sollten. Das heißt, er muss es tun. Ich stehe schließlich in keinem angebbaren Verhältnis zu dir. Erst wenn sie nach einer Mordverdächtigen suchen würden, käme ich in Betracht.

Minuten, nachdem dein Sohn die Polizei angerufen hat, stehen zwei junge Streifenbeamte vor der Tür, männlich und weiblich. Sie sehen sich beim Betreten der Küche routiniert um.

Und wer sind Sie?, fragt der Mann.

Ich nenne ihm meinen Namen.

Eine Freundin der Familie, sagt dein Sohn. Die sich Sorgen gemacht habe, weil du seit gestern verschwunden seist. Deshalb sei ich gekommen.

Er macht das gut. Ich bin ihm dankbar. Die beiden Beamten nehmen am Küchentisch Platz und stellen jetzt die Fragen, die in einem solchen Fall zu stellen sind. Sie stellen sie deinem Sohn, und ich kann mich nur einmal nicht zurückhalten, als sie ihn danach fragen, ob du in der letzten Zeit depressiv gewesen seist. Nein, rufe ich, nicht die Spur! Ich müsste ihnen sagen, dass du glücklich bist, dass du lange nicht so glücklich warst wie in der letzten Zeit, und ich muss tatsächlich irgendetwas Dergleichen gesagt haben, denn die junge Frau sieht mich ein wenig nachdenklich an: Wir müssen alle Möglichkeiten in Erwägung ziehen, sagt sie.

Ich wechsle einen Blick mit deinem Sohn.

Die Möglichkeit können Sie vergessen, sagt er zu den beiden.

Während der junge Mann Formblätter ausfüllt, beginnt seine Kollegin, die umliegenden Krankenhäuser anzurufen. Dein Sohn schüttelt den Kopf. Dem geht es gut, sagt er. Ich habe gestern noch mit ihm telefoniert.

Damit fangen wir immer an, sagt der junge Mann. Aber kaum hat er das ausgesprochen, hebt sie schon den Daumen.

Wir haben ihn, flüstert sie, während sie etwas notiert.

Sie haben dich. Einen Moment lang bin ich so erleichtert, als seist du eben wohlbehalten nach Hause gekommen, und höre nur mit halbem Ohr, was die junge Frau weiter sagt. Sie gibt deinem Sohn einen Zettel, auf dem sie Station und Zimmer notiert hat, wo wir dich finden.

Kann man denn …, sage ich. Es ist mitten in der Nacht …

Sie sollten schon gleich hinfahren, sagt die Polizistin. Es ist nämlich die Intensivstation.

Dein Sohn fährt durch die Innenstadt wie der Autobahnteufel, der er wahrscheinlich ist. Wir hetzen durch Stockwerke, Flure, dann öffnet sich eine Tür für uns, und wir werden aufgefordert, unsere Hände zu desinfizieren. Du befindest dich im Koma. Das einzige Lebenszeichen von dir ist das Geräusch der Maschine, mit der du beatmet wirst. Die Maske bedeckt dein Gesicht, dein Körper ist nichts als Teil des Mensch-Maschinen-Konstrukts, das ich sehe. Er ist bis unterhalb der Schultern von einem dünnen Tuch bedeckt, und ich habe Angst, dass du an Unterkühlung stirbst, wenn schon nicht an all dem anderen. Vorsichtig berühre ich deinen Handrücken, in dem die Nadel des Infusionsgeräts steckt. Er ist warm. Da fließt also noch Blut durch dich, und auf den Bildschirmen, von denen du umstellt bist, steigen und fallen die Kurven und flackert etwas, das zeigt, dass du noch am Leben bist. Es sieht aus, als könne es jeden Augenblick erlöschen. So wie man eine Flamme ausbläst oder einen Computer herunterfährt.

Eine junge Ärztin, eher ein Mädchen als eine Frau, ein etwas fahriger, fehlerhaft deutsch sprechender Engel, dessen ärztliche Kompetenz umso beachtlicher sein muss, als es schwerfällt, sie ihm zuzutrauen, erklärt deinem Sohn, du seist nicht mehr in Lebensgefahr. Am vergangenen Abend sei das noch anders gewesen, da habe es zuerst gar nicht gut ausgesehen, gar nicht, aber das habe man jetzt im Griff. Sie gibt deinem Sohn ein paar Lesehilfen für die Kurven und Werte auf den Bildschirmen.

Sie sei sehr froh, sagt sie, dass wir gekommen seien. Der Patient habe sich wohl wegen akuter Atemnot selbst eingeliefert, das heißt, der Notarztwagen habe ihn gebracht. Da habe der Patient wohl Glück gehabt, dass er es noch geschafft habe, die Nummer zu wählen.

Dein Sohn klärt sie auf, dass du Arzt bist. Sie sagt, das wisse man.

Und warum haben sie uns nicht benachrichtigt?, fragt dein Sohn. Mich oder meine Geschwister?

Das wisse sie nicht, sagt die Ärztin. Sie sei nur diejenige, die hier Nachtdienst hat.

Eine Schwester kommt mit deinen Kleidern und deiner Geldbörse.

Sie fertigt ein Formular aus, das dokumentiert, dass sie das alles den Angehörigen übergeben hat, und legt es mir zur Unterschrift vor. Ich quittiere einhunderteinundachtzig Euro, die du bei dir gehabt hast, eine Cordhose, ein paar Strümpfe, Unterwäsche und ein Hemd. Ich bin nicht befugt dazu. Doch das ist nicht von Belang, und ich erhalte eine Plastiktüte, die ich später an deinen Sohn weitergeben werde, der sich noch mit der jungen Ärztin unterhält.

Es kommt mir unerhört vor, dass wir dich unter diesem dünnen Betttuch und dieser pfeifenden Maske auf deinem Gesicht allein lassen. Im Eingangsbereich der Klinik muss ich mich hinsetzen. Dein Sohn holt zwei Pappkaffeebecher aus einem Automaten und setzt sich zu mir.

Was ist da passiert?, frage ich, und er erklärt mir deine Krankheit. Ich erfahre, dass es nicht das erste Mal ist, dass du künstlich beatmet werden musst, weil du sonst einen Erstickungstod gestorben wärst. Ich erinnere mich, du hast erwähnt, dass du vor Jahren eine Lungenembolie hattest. Aber ich habe das für etwas Ausgestandenes gehalten, von dem dir nur eine gewisse Kurzatmigkeit geblieben ist, die eigentlich nicht zu deiner hageren Statur passt. Ich weiß, dass du früher ein Raucher warst, aber auch das ist ausgestanden. Jetzt erfahre ich von der Krankheit, die du hast. Sie hat einen scheußlichen Namen. Das C darin steht für chronic und das O für obstructive. Jeder Atemwegsinfekt, erklärt mir dein Sohn, kann innerhalb weniger Stunden deine Bronchien lahmlegen. Du atmest dann nur noch ein und kriegst die Luft nicht mehr raus, was im Effekt dasselbe ist, wie keine Luft zu kriegen. Ich stelle mir die Angst vor, die damit verbunden ist, und kann sie mir nicht vorstellen. Meine eigene Angst schnürt mir die Kehle zu. Doch das ist nur eine Metapher. Ich bin es nicht, die da oben liegt. Das ist dein armer Körper, der das durchmachen muss.

Darf ich Sie etwas fragen?, sagt dein Sohn, nachdem

er geendet hat. Was ist das eigentlich, was Sie mit meinem Vater zu tun haben?

Es ist eine Liebesgeschichte, antworte ich, ohne lange zu überlegen.

Die Nacht ist zu spät, und die Umstände sind zu entsetzlich, um dem etwas hinzuzufügen. Wir trinken den scheußlichen Kaffee aus den Pappbechern aus und brettern mit demselben Affentempo zu deinem Haus zurück. Dein Sohn glaubt, dass ich jetzt in mein Auto steige und wegfahre. Aber es gibt keinen Ort, an den ich heute Nacht fahren kann. Ich bin in den Abgrund zwischen zwei Leben gefallen und kann in das eine, aus dem ich komme, jetzt nicht zurück, nicht vor morgen früh. Es ist gegen drei Uhr nachts.

Kann ich bleiben?, frage ich deinen Sohn. Ich möchte hier schlafen.

Er schließt mir deine Haustür auf und verabschiedet sich.

Es ist die erste Nacht, die ich bei dir verbringe. Ich verbringe sie ohne dich. Ich lege mich in dein Bett. Es riecht nach dir. Nach deiner Gegenwart. Und während du ein Teil der Überlebensmaschine bist, der du dich ausgeliefert hast, weit weg und ohne Bewusstsein, schlafe ich in der Gewissheit, dass ich dich liebe, ein.

Was ich in dieser Nacht gesehen habe, ist deine Sterblichkeit. Die heimliche Allianz von Liebe und Tod ist rätselhaft wie immer für mich, etwas im Grunde von mir Unverstandenes in Mythen, Erzählungen und religiöser Überlieferung, etwas dort Behauptetes, schön, mysteriös und fremd. Ich ergründe es nicht, erfahre aber etwas davon. Ich erfahre es in einem Augenblick und durch dich. Es ist der Augenblick, in dem du mich erkennst, als du wieder zu Bewusstsein gekommen bist.

Ich habe dich täglich besucht, solange du im Koma warst. Dein Sohn war so nett, mich als deine Lebensgefährtin auf der Station einzuführen, sonst hätte ich keinen Zugang zu dir gehabt. Wenn sie das bei mir zu Hause wüssten, mein Mann und Maria. Sie wissen längst, dass etwas mit mir nicht stimmt. Ich behaupte, dass die Freundin, die erkrankt sei, nun in der Klinik von mir besucht werden müsse. Weder mein Mann noch Maria können das glauben. Welche Freundin sollte das sein, die niemanden außer mir hat, der sie betreut? Ich bleibe mit meinen Angaben im Unklaren. Maria bin ich keine Rechenschaft schuldig, und mein Mann verlangt sie nicht von mir, wie ich aus der Art ersehen kann, mit der er seinen Kopf zur Wand wendet, eine alte Geste von ihm, die mich früher zur Verzweiflung trieb. Sie soll mir bedeuten, dass es ihn nicht interessiert, was in mir vorgeht. Jetzt ist es mir recht.

Am sechsten Tag erfasst mich, als ich mein Auto im Parkhaus der Klinik abstelle, eine so lähmende Angst, dass ich nicht aussteigen kann. Man hat den Versuch angekündigt, dich aus dem künstlichen Koma zu holen, um zu testen, ob deine Atmung wieder funktioniert. Das ist riskant und fürchterlich für dich. Während der Stunden, in denen du langsam erwachst, beginnst du zu fühlen, und dann fühlst du den Schlauch, der durch deine Luftröhre bis in die Lunge führt, und du musst ihn mit zunehmender Wachheit tolerieren, bis sie ihn entfernen und unter Umständen, die ich mir nicht ausmalen mag, wenn nämlich deine selbsttätige Atmung nicht funktioniert, sofort wieder anbringen. Mir wird klar: Wenn ich dich heute so antreffen sollte, wie ich dich gestern verlassen habe, dann heißt das, dass du es nicht schaffen wirst. Du bist jetzt seit Tagen nur über Infusionen ernährt worden. Bei deiner Konstitution wirst du das nicht lange durchhalten. Die Möglichkeit, dich zu verlieren, ist da. Sie besteht heute. Ich muss zu dir.

Beim Betreten des Zimmers sehe ich sofort, dass du ohne Maske bist. Ich kann dein Gesicht wieder sehen. Du liegst mit geschlossenen Augen. Du musst unglaublich erschöpft sein und scheinst zu schlafen. Noch immer decken sie dich kaum zu. Unter dem leicht verrutschten Krankenhaushemd liegt eine deiner ausgemergelten Schultern bloß. Vorsichtig – es gibt noch immer eine Menge Verkabelungen zwischen dir und den Geräten, die um dich herumstehen – versuche ich deine Schulter zu bedecken, damit du nicht frierst. Du wendest deinen Kopf zu mir, öffnest die Augen, erkennst mich, und da tritt ein Lächeln auf dein Gesicht. Dieses Lächeln gehört zu dem Schönsten, was ich je gesehen habe, und trifft mich direkt ins Herz. In einem vollkommenen Augenblick erfahre ich ein vollkommenes Glück. Es erweist sich als unverlierbar. Ich kann noch heute die Augen schließen und das Lächeln sehen, mit dem du mich erkannt hast, als du wieder ins Leben zurückgekommen bist. Es hat etwas vom ersten Lächeln eines Kindes. Es ist zart und verletzlich und ungeschützt. Und es ist voller Liebe für mich.

Ein paar Tage später wirst du aus der Klinik entlassen. Du bist noch schwach. Dein Sohn wohnt ein paar Tage bei dir und kümmert sich um das Nötigste. Es bedrückt mich, dass ich das nicht tun kann, weil meine Lebensumstände es nicht zulassen. Dir scheint das nichts auszumachen, und bald nimmst du wieder dein altes Leben auf, von dem auch ich ein Teil, ein kleiner Teil, bin.

Von da an wird die Angst um dich mich nicht mehr verlassen. Du magst sie nicht. Du wirst schwierig, wenn du sie spürst. Du wehrst sie ab. Du lässt mich nicht an deiner eigenen Angst teilhaben. Da du ein Mensch bist, der betet, denke ich mir, dass du sie vor dem Adressaten deiner Gebete artikulierst. Mit mir jedenfalls willst du nicht darüber reden. Meine Angst wird von dir als kleinmütig, störend und hysterisch betrachtet. Ja, dieser Ausdruck fällt, und ich könnte Streit mit dir bekommen, wenn Streit zu unseren Umgangsformen gehörte. Ich ziehe es aber vor, mit meiner Angst allein Umgang zu haben. Denn ich glaube zu begreifen, dass deine eigene Angst genug für dich ist und es zu viel für dich wäre, wenn auch noch meine dazukommt.

Was ich also nicht tun darf: durch Anrufe kontrollieren, ob du zu Hause bist und gesund. Ich kann es aber nicht verhindern, dass das, was du Hysterie zu nennen beliebst, in mir hochsteigt, wenn ich dich mehrmals hintereinander telefonisch nicht erreiche. Ich fahre dann manchmal an deinem Haus vorbei, versichere mich, dass die Läden hochgezogen sind und die Zeitung nicht mehr im Briefkasten steckt, und es geschieht immer wieder einmal, dass ich mir deine Abwesenheit nicht erklären kann. Dann, nenn es, wie du willst, werde ich verrückt vor Angst. Ich lasse dein Telefon klingeln. Ich setze mir Fristen, bis ich es wieder klingeln lasse, und unterschreite sie. Es ist alles wie beim ersten Mal. Und je deutlicher das ist, desto hysterischer werde ich.

Einmal sitze ich beim Friseur. Ich bin unfähig zu dem Small Talk, der dort erwartet wird. Waren Sie dieses Jahr schon im Urlaub oder fahren Sie noch? Ich finde, es sollte in den nicht unerheblichen Preisen inbegriffen sein, dass man mich in Ruhe nervös, mitgenommen, verzweifelt sein lässt. Nach zahllosen Anrufen bei dir bin ich fast sicher, es ist wieder passiert. Jenseits aller Hoffnung wähle ich noch einmal deine Nummer, während die Friseuse mir Farbe aufs Haar spachtelt. Das Einhalten dieses Friseurtermins ist eine Folter, die ich mir selbst auferlegt habe.

Jetzet, sagst du.

Der Tag springt ins Gleis zurück. Sonnenlicht durchflutet den Raum. Mein Spiegelbild hellt sich auf. Die Latte macchiato, die vor mir steht, schmeckt wieder nach Latte macchiato.

Was ist denn los?, sagst du.

Ich konnte dich nicht erreichen.

Selbst dein Ungehaltensein macht mich glücklich.

Wie geht es dir?

Gut, sagst du.

Du sagst es immer, und immer in demselben Tonfall. Munter. Entschieden. Es geht dir gut. Das sagt nicht das Mindeste über dein wahres Befinden aus. Es ist die einzige Lüge, zu der du fähig bist.

Lüg nicht, entgegne ich manchmal darauf. Aber ich weiß, noch in der Überlebensmaschine würdest du behaupten, es ginge dir gut, wenn du da imstande wärst, irgendetwas zu behaupten.

Beim Friseur lese ich gewöhnlich die Liebesratgeber, die da herumliegen. Eigentlich sind sie das ja alle, die

Magazine, die für die Zielgruppe Frauen gemacht werden. Ob es um Mode, Kultur, Psychologie, Gesundheit oder die schönsten Strände der Welt geht, alles Liebesberatungen. Natürlich bin ich dabei, wenn es um die Frage geht: Bin ich normal? Schöpfe ich mein Potenzial aus? Sexuell? Beruflich? Sportlich? Touristisch? Emotional? Bin ich altersklassenmäßig jung genug? Kleide ich mich typgemäß? Ist mir die Mode noch nicht davongelaufen? Habe ich etwas verpasst? Kann ich mir verzeihen, was ich verpasst habe? Bin ich schon an meinem ganz persönlichen Traumreiseziel gewesen? Oder muss ich da noch hin? Aber vor und über allem: Läuft es im Bett bei mir so, wie es laufen soll?

Ich erfahre, dass diese Fragen für mich an Aktualität längst eingebüßt haben. Ich erfahre es aus dem Schweigen hinsichtlich der Frauen, die so alt sind wie ich. Selbst in den Magazinen, deren Macher schon mal etwas von Demografie gehört haben, selbst in den eigens für älter gewordene Frauen designten Magazinen hört die Zielgruppe bei kurz über sechzig auf. Jenseits davon keine Mode, kein Sex, kein Liebes- und Partnerschaftsleben mehr. Ich erkläre es mir damit, dass die Frauen und Männer, die da Redakteure sind, mit Anfang sechzig in Rente gehen. Woher sollen sie also wissen, wie es sich danach weiterlebt?

Bin ich normal? Die Frage bleibt für mich unbeantwortet. Dabei hat es mich immer schon interessiert, was aus der Liebe im Alter wird. Stirbt sie, bevor wir sterben? Das wäre wahrhaft todtraurig. Geht sie in eine Art Ruhestand? Lohnt sich der Rest des Lebens dann überhaupt noch? Die vitalen glücklichen Paare auf der Titelseite der Apothekerzeitschrift sind doch höchstens Mitte fünfzig. Und zehn Jahre später? Und zwanzig Jahre? Und dreißig? Haben die etwa nicht vor, dann immer noch und immer weiter zu leben? Und werden sie dann nicht mehr lieben, wenn ihre Körper nicht mehr zu lieben imstande sind? Irgendwann ist es für jeden Mann, jede Frau das letzte Mal. Wie hält man die Trauer um das Verlorene aus? Trauert man gemeinsam, oder muss das jeder für sich allein erledigen?

Dann, irgendwann beim Friseur, erhalte ich doch eine Antwort auf die mich bedrängenden Fragen nach dem Schicksal, das dem Sex im Leben der Menschen bereitet ist. Das Blättern in den Zeitschriften hat sich gelohnt. Die Antwort lautet: Slow Sex. Das Wort versteht sich aus der Analogie zu Slow Food, Gegenteil von Fast Food.

Es leuchtet mir sofort ein. Der Beitrag wendet sich mit seinem Liebesrat ausdrücklich an ältere Paare, aber auch an solche, denen die Lust an der Liebe vergangen ist, sei es durch lange Gewohnheit oder andere lustwidrige Einflüsse. Er lässt an Praxisbezug nichts zu wünschen übrig. Dafür bin ich dankbar. Wenn ich schon hier beim Friseur einen Schnellkurs in Sachen

Sex und Alter verpasst kriege, dann doch bitte so, dass ich etwas im Bett Anwendbares daraus lernen kann. Ich lerne: Wir sollen uns Zeit nehmen. Ganz viel Zeit. Wir sollen abwarten. Wir sollen achtsam sein. Wir sollen es jeder Berührung selbst überlassen, wohin sie uns führen will. Wir sollen ihr vertrauen. Wir sollen ihr kein Ziel vorschreiben. Sie ist selbst das Ziel, lerne ich. Wir sollen die Führung an unsere Körper abgeben. Sie wissen selbst, was sie wollen. Wir werden genug damit zu tun haben, überrascht zu sein, wohin wir geführt werden. Währenddessen dürfen wir lieben. Miteinander reden. Zärtliche Gesten erfinden, von denen wir nicht wussten, dass es sie gibt. Wichtig: an kein Ende denken. Es gibt kein Ende. Es gibt nämlich beim Slow Sex keinen Orgasmuszwang. Der nächste Orgasmus, lese ich, kommt bestimmt. Aber bis dahin nehmen wir uns füreinander Zeit.

Am liebsten schriebe ich einen Leserbrief an das Magazin. Ich würde mich darin als überzeugte Anhängerin des Slow Sex outen. Der Unaufgeregtheit im Bett. Des Verzichts auf die große Show, die immer etwas überzogene Performance wechselseitiger Grandiosität, das Streben nach Unübertrefflichkeit. Beim Slow Sex darf gern alles eine Nummer kleiner sein. Liebes Soundsomagazin, würde ich schreiben, danke für Ihren Beitrag über Slow Sex. Ich dachte schon, wir hätten ihn erfunden, mein Liebster und ich. Aber es ist immer gut zu wissen, dass man nicht allein ist. Ihre Ratschläge sind fabelhaft, bis ins Detail durchdacht und sehr schön beschrieben. Eins jedoch haben Sie, wie ich glaube, vergessen, und ich möchte, dass es die anderen Frauen beim Friseur auch erfahren: Das beste Aphrodisiakum, das es gibt, ist die Liebe. Das Einzige vielleicht, das ohne Altersbegrenzung wirkt.

Ein paar Monate später erleidest du wieder dieselbe Tortur. Wieder rufst du nachts den Notarzt an. Wieder bringen sie dich nachts in die Klinik. Wieder versetzen sie dich ins Koma, beatmen dich maschinell. Diesmal weiß ich: du kannst davonkommen. Was ich nicht weiß: was du dabei erleidest. Du wirst später so wenig mit mir darüber sprechen wie beim ersten Mal. Wir können so nah beieinander sein. Aber vielleicht kommt der Tod dir viel näher als ich, während du dich der Überlebensmaschine auslieferst.

Du lieferst dich Gott aus, nicht der Maschine. Das würdest du mir erklären, wenn du es könntest. Du bist in Gottes Hand. Das ist nicht schwer zu begreifen auf der Intensivstation. Jeder Mensch, der hier liegt, ist in Gottes Hand. Es ist die exakteste, zutreffendste Benennung der existenziellen Verfassung, in der sie hier alle sind. Manche von ihnen werden in einigen Tagen am Leben, andere werden gestorben sein. Gott ist sehr anwesend hier. Man kann das nicht wegdenken. Er herrscht über die Kurven, die Rhythmen des Flackerns auf den Bildschirmen, die dich am Kopf deines Bettes wieder umgeben. Das Krankenhauspersonal, selbst die Chefärzte, die sich dann und wann sehen lassen, sie können nur ein wenig nachjustieren, was den Verlauf dieser Kurven anbelangt. Sie tun, was sie können, versichern sie. Und du? Was tust du, um am Leben zu bleiben? Gibt es da etwas in dir, das sich mit Gott bespricht? Oder ist da nur gar nichts in deinem Bewusstsein, das von den Anästhesisten lahmgelegt worden ist? Ist es da einfach schwarz auf deinem inneren Bildschirm, während die sichtbaren Bildschirme um dich herum von irgendwelchen Prozessen in deinem Körper künden? Du bist sehr weit weg. Das ist quälend für mich. Ich bin kein Beistand für dich, wenn ich neben deinem Bett stehe und dir bei deinem Abwesendsein zusehe. Trotzdem zieht es mich immer wieder da hin, bis ich durch deinen Sohn erfahre, dass du seit Stunden schon langsam wieder erwachst. Er fängt mich vor der Station ab und rät mir zu gehen. Er sagt, du quältest dich gerade sehr und ich solle nicht vor dem Abend wiederkommen. Ich füge mich.

Diesmal bist du noch mehr geschwächt als beim ersten Mal. Man schickt dich in eine Rehaklinik im Schwarzwald. Als ich dich dort besuche, kommt mir vor dem Eingang der Klinik ein alter Mann in langsamen kleinen Schritten entgegen. Das bist du.

Wenigstens führst du keinen Infusionsständer mit dir wie die meisten Patienten hier. Die Klinik ist scheußlich, das Essen schlecht, wie du sagst, die Cafeteria leer und zurzeit nicht bewirtschaftet. Ich habe ein Hotelzimmer in einem Nachbarort für mich gebucht und darf gar nicht daran denken, wie hübsch das mit dir und mir wäre, wenn du gesund genug wärst. Heimlich hatte ich davon geträumt, dich für eine Nacht aus der Reha zu entführen. Doch daran ist gar nicht zu denken, und es ist auch hochgradig unerlaubt.

Ich mache den Vorschlag, zu dem Café des Hotels zu fahren. Du bestellst dir dort ein Bier. Ich nehme das für ein Zeichen deiner Gesundung. Doch danach musst du aufs Klo, und es stellt sich heraus, dass der Weg zu den Toiletten über eine sehr steile Treppe nach oben führt. Das ist eine Katastrophe. Ich sehe dir nach, wie du dich langsam da hochschleppst. Stufe für Stufe wird es beschwerlicher für dich. Ich kann das sehen. Aber ich kann dir nicht helfen. Als du zurückkommst, spüre ich, wie deprimiert und erschöpft du bist. Wir geben den Plan auf, abends hier gemeinsam zu essen, und ich bringe dich in die Klinik zurück.

Am nächsten Tag machen wir einen winzigen Spaziergang über den Gottesacker der Brüdergemeinde, die den Ort gegründet hat. Die Gebeine der Frömmsten der Frommen ruhen hier und warten auf ihre leibliche Auferstehung. Die Anordnung der Gräber – links des geraden Mittelwegs ruhen die Schwestern, rechts die Brüder – bezeichnet die Marschordnung, in der sie dereinst ins himmlische Jerusalem einziehen. Da ich für mich an keine Chronologie des Heilsgeschehens glaube, sondern daran, dass die Ewigkeit in jedem Augenblick, unbemerkt von uns, stattfindet, kann es ebenso gut sein, dass wir bereits Auferstandene sind, nach dem Grabesdunkel noch etwas verwundert ins Licht blinzelnd und nach der langen Ruhe noch etwas wacklig auf den Beinen und kurzatmig, wie du es bist, aber doch auf dem Weg. Wir halten uns an keine Marschordnung, sondern gehen Seite an Seite, wie es den Brüdern und Schwestern hier nicht erlaubt wäre. Wir sind vor Gott nicht vermählt. Wir werden ein Fall für seine Barmherzigkeit sein müssen, an der wir beide nicht zweifeln.

Gottesacker ist ein schönes Wort. Es verheißt eine Ernte, die man nicht selber einbringt, sondern zu der man der Samen gewesen ist. Mehr muss ich von der Auferstehung nicht verstehen, scheint mir. Derweil schlafen die hier Bestatteten fest und düngen mit ihren Körpern die Erde, auf der wir gehen. Die Bäume und Sträucher gedeihen prächtig wie auf allen Friedhöfen. Es ist ein strahlender Frühlingstag. Grünen und Blühen ringsum. Zurück in der Lobby der Klinik hat mich die Tieftraurigkeit unseres bevorstehenden Abschieds wieder fest im Griff. Wenn es also jetzt sein muss, dass ich dich in diesem Zustand zurücklasse, kann es auch hier geschehen. Ich hoffe, dass du mich wenigstens kurz in den Arm nimmst, bevor ich gehe. Aber du bittest mich, mit dir hinauf in dein Zimmer zu kommen. Das löst viel von der Bitterkeit in mir. Du umarmst mich lange, deine ausgemergelte Wange an meiner Wange. Ich weiß nicht genau, ob die Tränen, die ich fühle, deine oder meine sind.

Warum liebst du mich so?, fragst du.

Die Frage schließt deine Trauer darüber ein, dass du krank und schwach, auch zu schwach für die Liebe bist.

Keine Ahnung, sage ich.

Meine Antwort, so lapidar sie ist, hat viel mit den Toten auf dem Gottesacker zu tun, ohne dass ich genau sagen könnte, was. Wir sind Samen. Wir sind blind. Wir ruhen in der Erde. All das Keimen und Blühen geschieht, ohne dass wir wissen, was uns geschieht.

Mein siebzigster Geburtstag. Eigentlich wollte ich gar nicht feiern. Seit Klaus nicht mehr lebt, ist die Zeit der Feste vorbei. Bei seiner Beerdigung noch einmal zweihundert Leute. Reden. Musik. Ein letztes großes Fest, schön eigentlich. Das war's. Es hätte Klaus gefallen. Die ganze Zeit dachte ich: Warum ist er nicht dabei? Er fehlte mir so sehr. Gleichzeitig war auch ich abwesend. Erlebte mich selbst als meine eigene Stellvertreterin. Sie machte es gut. Die Rolle der

Witwe eines bedeutenden Mannes lag ihr. Man muss da nur nehmen, nichts geben. Man nimmt entgegen: Bekundungen, Sympathie, Versprechen, die niemand einzulösen gedenkt. Man nimmt entgegen und dankt dafür. Es ist nicht einmal nötig zu wissen, wem und wofür man dankt. Nie, bei keinem unserer Feste, war es so leicht, der Mittelpunkt der Gesellschaft zu sein, ihr unbestrittenes Haupt. Es war, als ob ich die Verdienste angehäuft hätte, die ihm gebühren. So viel Ehrerbietung. Vor allem vonseiten der Partner der Anwaltskanzlei, die er vormals gegründet hat. Offenbar ist es Teil des Trauerrituals, dass angesichts des Todes noch einmal das Einssein der Ehepartner beschworen wird. Es schien mir, um es katholisch zu sagen, würdig und recht, und ich habe mich lange nicht mehr so sehr als seine Frau gefühlt, wie ich es an diesem Nachmittag als seine Witwe war.

Es ist wie bei einer Hochzeit. Man fragt sich, was nachher kommt. Aber nachher kommt nichts. Die Witwendarstellerin geht nach Hause, legt ihr Kostüm ab und ist auf einmal – allein.

Die Trauer, die ich um den Mann trage, den ich einmal geliebt habe, ist aufrichtig. Sie schließt die Trauer um unsere Liebe ein, die vor ihm gestorben ist. Diese Trauer ist jetzt rein, groß und endgültig. Ohne Schlacken wie die Asche, die wir in der Erde bestattet haben. Ohne Wut. Ohne Empörung. Ohne eine Spur von dem Wunsch nach Abrechnung. Die Konten sind beglichen. Die Themen, die wir nie berührt haben, ohne Bedeutung von jetzt an und immerdar. Sein Sterben hat alles geklärt. Das Gespräch, das wir nie führen konnten, war tödlich. Der Tod hat es für uns geführt. Es war sein Tod. Ich hätte das eigentlich wissen können. Im Leben gab es keine Worte für das, was wir miteinander noch zu verhandeln gehabt hätten. Einer von uns musste sterben, und das war er. Und es war ohne Bedeutung, dass er es war. Kein Schuldspruch einer Instanz, die über Leben und Tod waltet. Er war einfach dran.

Gehen Sie, sagte ich zu Maria, als ich sah, dass er starb. Lassen Sie mich mit ihm allein.

Aber –

Gehen Sie, sagte ich.

Die Abschiede vollziehen sich immerzu und nicht erst in den Minuten, in denen der Tod sich vollzieht. Nur, da wird es offenbar. Dass das alles, was vorher war, immer schon Abschied war. Immer schon nichts anderes als die Art, wie man geht.

Er hatte schon seit Tagen nichts mehr gesprochen. Nichts zu mir, nichts zu Maria. Da bin ich sicher, auch wenn sie später etwas anderes behauptet hat. Fadenscheinig. Er habe ihr noch etwas geben wollen. Leider habe er es dann nicht mehr tun können. Vermutlich sagt sie das jedes Mal nach dem Tod eines ihrer Pfleglinge.

Ich gab ihr ein Armband von mir aus Weißgold. Ziemlich wertvoll. Sie verzog keine Miene. Wahrscheinlich hat sie gedacht, dass es Silber sei.

Ich habe mich jahrelang vorher gefragt, wie es sein würde, wenn er stirbt. Es war unvorstellbar für mich, dass er sich einfach ergibt. Er war ein Kämpfer. Einer, der seine Gegner nicht schonte. Ein Angreifer. Es wundert mich bis jetzt, dass der Tod eine Chance gegen ihn hatte. Und ich muss sagen, der Tod ging geschickt vor. Landete seinen großen Schlag schon vor Jahren, als er ihn fast zur Hälfte lahmlegte. Ließ ihn dann jahrelang die Beschämung spüren, die ein ehemals Großer erleidet, der zu Boden gegangen ist. Zählte ihn darauf genüsslich und langsam aus. Brauchte noch ein paar kleinere Schläge, von denen der letzte ihn dann erledigte. Es war erbarmungsvoll, grausam und unwürdig zu sehen, wie dieser ungleiche Kampf verlief. Dieses war nun ein Gegner, der ihn nicht schonte. Als ich bei ihm saß und zusah, wie er starb, fasste der Tod auch mich an. Er gehört wieder dir, sagte er. Aber du gehörst mir.

Und das war das Letzte in dem Gespräch, das mein Mann und ich niemals im Leben zu führen imstande waren.

Und der Tod behielt recht. Was einmal unsere Beziehung gewesen ist, war nur im Leben zu Ende gegangen. Der da starb, das war wieder mein Mann.

Sein Tod gab mir das von der Liebe zu ihm zurück, was mir jetzt zukam: Trauer. Und endlich fand ich in seinem Gesicht, das sich vor meinen Augen von Minute zu Minute verwandelte, wonach ich immer gesucht hatte. Preisgabe. Schutzlosigkeit. Die Maske, hinter der er sich ein Leben lang verborgen hat, zerbröckelte zusehends, und zutage trat, was er niemandem je zu sehen erlaubt hattc. Es war erschreckend. Es war nicht einnehmend, wie er sich im Leben gern gezeigt hat. Es war das Gegenteil davon. Es war das Gesicht eines uralt-greisenhaften Kindes, für das es keine Erlösung gegeben hat. Und ich erkannte mit Entsetzen, wem meine Liebe gegolten hatte und warum er sie immer zurückweisen musste. Ich erkannte, dass er mir jetzt ausgeliefert war. Und wie sehr er das gehasst hätte. Und ich ging, um seine Kinder anzurufen und ihnen zu sagen, dass er gestorben war. Das war am 12. November 2003, am Nachmittag.

Am selben Abend holten sie ihn schon. Ich kam nicht dagegen an. Gegen den Wunsch, dass er abgeholt werde. Du willst ihn über Nacht nicht mehr im Haus haben, dachte ich voller Befremden über mich selbst und die Unabweisbarkeit dieses Wunsches. Aber es half nichts. Sie kamen, ein Bestatter mit zwei Gehilfen. Sie stellten den Sarg in der Diele auf, hoben den Deckel von dem engen kalten Bett, in das wir alle hinein müssen, und trugen, was einmal mein Mann gewesen war, in sein Betttuch gehüllt die Treppe hinab, betteten ihn auf die harten, kaltweißen Kissen, schlossen den Deckel und trugen ihn hinaus. Kurz darauf hörte ich den Wagen des Bestatters abfahren. Der Kies in der Einfahrt knirschte. Die Räder des Wagens drehten durch. Dann gewann er an Fahrt und entfernte sich. Und das Haus, das er mit großem Eigentümergestus bewohnt hatte, hörte auf, sein Haus zu sein. Es verwandelte sich. Und ich hörte auf, seine Frau zu sein, und verwandelte mich. Ich wandte mich um. Da stand Maria, und seine Tochter stand neben ihr. Und sie verwandelten sich. Maria war überflüssig geworden und Isolde keine Tochter mehr, und wir gingen auseinander, ohne uns anzusehen. Wir waren nicht mehr die, die wir gewesen waren.

Das alles ist mir so nah, als wäre es gestern gewesen. Dabei ist es jetzt schon – wie lange her? Ein Jahr? Zwei Jahre? Mein Gedächtnis ist also noch aktiv. Es speichert noch. Reichert sich an mit Gedanken und Erfahrungen. Aber es ist auch launisch geworden. Es ist nicht mehr verlässlich. Denn was weiß ich von dem, was es vergessen hat? Einfach gelöscht? Als ich den Nachlass meines Mannes aufräumte, Fotos, Briefe, Unterlagen privater und geschäftlicher Art, all das, was von dem Leben eines Menschen übrig bleibt, wenn er selbst nicht mehr ist, unfassbar viel und gleichzeitig unfassbar wenig, türmten sich Rätsel um Rätsel für mich auf, und obwohl ich dieses Leben seit mehr als dreißig Jahren mitgelebt hatte, wurde er mir fremder, als er es jemals gewesen war. Wer war dieser Mann? Mit wem hatte er korrespondiert? Ich fand Briefe mir gänzlich unbekannter Absender, die in sehr persönlichem Ton gehalten waren und auf Ereignisse Bezug nahmen, an die ich nicht die geringste Erinnerung hatte, obwohl auch ich dabei erwähnt wurde. Auch Briefe von Frauen, deren Namen mir nichts sagten, Briefe, die unbezweifelbar dem Ende einer Beziehung hinterhergeschrieben waren, Abrechnungen mit dem Gebaren eines Liebhabers, der sich entzog. Sie waren in einer Zeit datiert, als ich wähnte, die einzige Frau in seinem Leben zu sein, und ihn leidenschaftlich geliebt hatte. Ich fand Gedichte, offenbar von ihm. Ich hatte nicht gewusst, dass er Gedichte schrieb. Die Gedichte waren schlecht. Sie passten überhaupt nicht zu seinen Ansprüchen an sich und an Literatur. Ich fand Fotos, auf denen er sich im Kreis von Personen befand, von denen ich keine einzige kannte (wiedererkannte?).

Aufbewahren oder Wegwerfen. Es entstanden zwei Haufen. Skrupel, was zu dem einen und zu dem anderen gehörte. Ich revidierte. Durchwühlte sie und hatte plötzlich mehrere solcher Aufhäufungen, die zum Teil den Teppich bedeckten. Ich war überfordert, erregte mich. Der alte Zorn stieg in mir hoch, der immer kommt, wenn ich etwas nicht bewältige. Zorn auf die Dinge, die sich meinem Zugriff widersetzen. Verlegte Schlüssel. Unauffindbare Dokumente. Werkzeuge, die sich nicht an dem Ort finden, wo sie zu sein haben. Wer hatte dieses Chaos angerichtet? Es schuf sich selbst mit der perfiden Absicht, mich zu verwirren. Ich machte den Toten als Schuldigen daran aus. Er war nicht der, der er sein sollte. Er war auch nicht so tot, wie er sein sollte. Er verhöhnte mich, indem er dieses Versteckspiel mit mir spielte. Er wollte mir zeigen, wie hilflos ich ohne ihn war. Als Witwe disqualifiziert. Du bist nicht mehr auf der Höhe, höhnte er. Merkst du das nicht? Dein Verstand ist nicht mehr das, was er war. Du bist verwirrt, das weißt du doch.

Du hast mich verwirrt, versuchte ich zu entgegnen. All diese Dinge, von denen ich nichts gewusst habe.

Du hast es gewusst, sagte er. Du hast es v e r g e s s e n, das ist dein Problem. All diese kleinen Fehlleistungen, die du vor dir selbst kleinredest.

Und was mache ich jetzt?

Die Papiere, zwischen denen ich auf dem Teppich saß, hatten sich unterdessen dem Gesetz der Entropie gehorchend im Raum verteilt.

Schmeiß den Krempel weg, sagte er.

Alles?

Ist mir egal. *I couldn't care less*, sagte er. Offenbar war das Englische auch im Jenseits die Verkehrssprache.

Ich rief seine Tochter an. Eine so radikale Maßnahme konnte ich nicht ohne sie durchführen.

Was ist los mit dir?, fragte sie. Du klingst so komisch.

Du musst mir helfen, sagte ich.

Etwas muss in meiner Stimme gewesen sein, das sie veranlasste, sofort zu kommen.

Kaum hatte ich aufgelegt, geriet ich erneut in Panik. Was hatte ich getan? Vieles, was hier herumlag, war keineswegs für die Augen einer Tochter bestimmt. Ich durchwühlte die Stöße nach Kompromittierendem und begann, was ich fand, zu zerreißen. Es war harte Arbeit. Kein Papierschnipsel war klein genug um zu verbergen, was darauf stand, und je mehr Blätter ich mir auf einmal vornahm, desto härter musste ich arbeiten. Mit jedem Schreiben, das mir gelang zu zerstören, näherte sie sich. Sie brauchte vielleicht eine halbe Stunde von dort nach hier. Verbissen arbeitete ich gegen zehn Kilometer stockenden Vorstadtverkehr an.

Um Himmels willen, rief Isolde, als sie zur Tür hereinkam. Was machst du da?

Ich hockte auf dem Boden, um mich herum Disketten, Ordner, Papiere, Konfetti.

Vater war so ordentlich, rief sie.

Du hast ihn nicht gekannt, wollte ich eigentlich sagen. Ich auch nicht. Niemand hat ihn gekannt.

Aber Isolde machte sich schon an die Arbeit. Geh, sagte sie, lass das mich machen! Hast du nicht gehört? Geh!

Und ich verließ das Schlachtfeld. Das Gefühl, besiegt worden zu sein, fraß sich scharf und tief in mich hinein, zerstörte vielleicht noch gesundes Seelengewebe und machte mich zu der Alten, die ich noch nicht war, aber irgendwann sein würde. Irgendwann würde ich die sein, zu der man ungestraft Geh! sagen dürfte. Und das würde sich dann so anfühlen, wie sich das gegen mich gezischte Geh! von Isolde anfühlte.

Aber ich war auch erleichtert. Wenn man nicht mehr immer alles selber tun muss, das hat auch was.

Zu meinem Geburtstag haben die Kinder das Fest für mich arrangiert. Kümmere dich um gar nichts! Lass das uns machen, sagten sie. Es kam mir so vor, als würde ich das von jetzt an noch oft hören. Und ich ergab mich mit der Mischung aus Gekränktsein und Erleichterung, die mir wohl ab jetzt verordnet ist.

Schreibst du eigentlich noch?, fragte Frederik unvermittelt, als er die Gästeliste mit mir zusammenstellte.

Ja, sagte ich.

Du kannst es wohl nicht lassen, meinte er.

Scheint so.

Einen neuen Roman? Darf man erfahren, worum es geht?

War da eine gewisse Besorgnis spürbar? Ein gespieltes Interesse wie bei einem Kind, das man nach der Schule fragt?

Du traust mir das nicht mehr zu, sagte ich.

O nein, sagte Frederik, ich weiß, dass du Profi bist.

Es geht um die Liebe.

Aha, sagte er. Und um was noch?

Sonst nichts.

Okay … Man hörte die Pünktchen mit. Sie sagen das heute, wenn sie ausdrücken wollen, dass man etwas ziemlich Blödes geäußert hat. Zu blöde, um darauf etwas zu entgegnen.

Es wird kein Roman, sagte ich.

Frederik schien erleichtert.

Ich schreibe nur das auf, was ich nicht vergessen will.

Chateaubriand?

Genau.

Du hast es ja behalten, sagte er.

Ja, sagte ich, und wir machten weiter mit der Liste. Ich nannte deinen Namen.

Wer ist das?, fragte Frederik.

Das ist mein Protagonist, sagte ich.

O natürlich.

Es war das letzte Fest in dem alten Haus. Lauter Freunde, die mir vertraut waren. Namen, die mir einfielen, sobald ich sie sah. Plötzlich darunter ein Fremder. Er kam mir entgegen, umarmte mich. Ich fingierte tapfer Vertrautheit, obwohl die übliche Panik mich im Griff hatte, redete Belangloses, ließ ihn stehen.

Wer ist das?, fragte ich Christian. Hilf mir. Was macht der hier?

Mutter, das ist dein Verleger, sagte er.

Ich traute mich nicht, nach dem Namen zu fragen und durchlebte qualvolle Augenblicke, bis ich ihn auf dem Grund meiner Verzweiflung fand.

Frederik hielt eine seiner gewohnt wundervollen Festreden. In alten Zeiten wäre er Pfarrer geworden. Er ist ein Kanzeltalent, das sich in Plädoyers vor dem Amtsgericht verschwendet. Ich machte ihn später mit dir bekannt.

Der Protagonist, sagte er und gab dir die Hand.

Ich habe mir noch nie viel aus Fotos gemacht. Niemals Alben angelegt. Nichts archiviert. Ich war immer zu sehr damit beschäftigt, etwas zu erleben, statt es im Bild festzuhalten. Nicht einmal von meinen Kindern hätte es genug Fotos gegeben, wenn meine Mutter sie nicht gemacht hätte. Das habe ich jetzt davon! Mein Gedächtnis verblasst und mit ihm alle die Bilder, die ich ihm und nur ihm anvertraut habe. Unvergessliche Momente. Von wegen. Ich vergesse sie und werde bald immer mehr von ihnen vergessen haben. Zum Beispiel diesen Moment: Du, Frederik und ich. Mein siebzigster Geburtstag. Ihr gebt euch die Hand. Der Protagonist, sagt mein Sohn. Ich stehe dabei und liebe ihn. Und liebe dich, wie du ein wenig irritiert aussiehst. Es müsste davon kein Foto, sondern ein Seelenbild geben, in dem auch die Liebe, die ich für euch habe, gespeichert ist, und der Klang eurer Stimmen, die Vogelstimmen im Garten, die auch ihren Klang dazugeben, das Stimmengewirr der anderen Gäste, das Klingen der Gläser, und dann müsste dieses Seelenbild für immer gespeichert und unverlierbar sein.

Darum schreibe ich hier davon. Um es nicht zu verlieren.

Was aber wird sein, wenn auch das Lesen nichts mehr hilft? Wenn da nichts mehr auf meiner inneren Netzhaut ist, was durch Worte wiederbelebt werden kann? Einfach gar nichts mehr? Falsche Frage. Gibt sich die Antwort selbst: gar nichts mehr.

Aber bis dahin.

Es ist wieder Dezember. Ein Jahr ist es her, seit ich diese Aufzeichnungen begonnen habe. Ich kann immer noch schreiben. Allerdings keine Romane mehr. Der Roman, den ich jetzt noch hinkriegte, müsste sehr einfach sein. Er müsste von dir und mir handeln. Ein Liebesroman. Vielleicht schreibe ich den noch. Vielleicht verwende ich dann diese Aufzeichnungen. Mir scheint, ich habe genügend Material dafür. Es würde sicher ein hübsches Buch über die Liebe und das Vergessen und den Verlust. Es würde damit enden, dass du meine Hand hältst, in meine leeren Augen blickst und mir erklärst, dass ich dich liebe. Es wäre ein wundervoller Schluss. Ein großes Happy End, entsetzlich und tödlich und wundervoll wie jedes Happy End.

Ich kann das Schlusstableau vor mir sehen. Das alte Paar ist von Weitem auf einem langen Pflegeheimflur zu sehen. Sie vielleicht im Rollstuhl, er neben ihr, sich zu ihr hinneigend. Von irgendwoher fällt ein warmes versöhnliches Licht auf die beiden. Ich sehe die Szene so deutlich, dass ich die Staubkörner erkennen kann, die im Lichtstrahl tanzen. Ich sehe sie mit den Augen einer Person, die sich nähert und bei dem Anblick der beiden alten Menschen stehen bleibt, weil sie das Bild nicht betreten, es nicht zerstören will. So müsste es enden. Ich glaube, ich könnte gleich losschreiben. Ich weiß es aus meiner Erfahrung als Schriftstellerin. Wenn man das Schlusstableau hat, dann hat man schon alles zu einem Roman, der nur noch geschrieben werden will.

Eigentlich wollte ich immer Bücher schreiben, die Menschen, wenn sie sie lesen, zu leben helfen. Nicht mehr und nicht weniger. Aber viel zu viele Umwege auf dem Weg zu diesem Ziel gemacht. Es auch aus den Augen verloren. Ehrgeizig gewesen. Stilistisch auf die Pauke gehauen. Mit Recherchen geprunkt. Klug sein wollen. Gut gefunden werden. Gelobt. Gekauft.

Vorbei. Jetzt möchte ich nur noch ein Buch schreiben können, das Menschen zu leben hilft. Beim Altwerden. Beim trotzdem und immer noch Lieben. Es ist so schade. Ich habe alles, was ich brauche, den Stoff, die Handlung, die Recherchen abgeschlossen, sogar den Schluss habe ich. Aber ich habe wahrscheinlich nicht mehr genügend Geisteskraft, um es zu Ende zu bringen.

Wenn man nur könnte, wie man könnte, wenn man könnte.

Jetzt, scheint mir, würde ich wissen, wie das geht: Schreiben. Jetzt, da ich nicht mehr schreiben kann. Nichts mehr als diese armen Aufzeichnungen.

Vielleicht ist das so. Dass man statt am Anfang am Ende von etwas weiß, wie es geht. Und dass am Ende, wenn das Programm Bewusstsein abstürzt, ganz kurz noch das volle Bewusstsein davon da ist, wie man leben muss. Und die Verzweiflung darüber, dass es zu spät und alles unwiederholbar ist. Wir Dementen erfahren dies, was ihr anderen nur einen Moment lang aushalten müsst, den Absturz des Programms Bewusstsein, über Jahre hin. Wir erfahren es bei lebendigem Leibe. Es tötet uns langsam. Wir erfahren es wieder und wieder. Es tötet uns schrittweise, und diese Schritte gehen alle in dieselbe Richtung. Rückwärts. Immer rückwärts. Man glaubt nicht, wie weit es da rückwärts geht.

Habe ich »Wir Dementen« geschrieben?

Man sagt, es sei nur am Anfang schlimm. Solange man es noch selbst merkt. Später dann wisse man nichts mehr von sich selbst, könne also auch nicht mehr leiden. Aber rückwärts ins Nichts zu gehen. Ermisst man, was das bedeutet? Im Rücken nichts und vor Augen eine sich verflüchtigende Welt, die mit jedem Rückwärtsschritt ferner und fremder wird?

Wirst du bei mir bleiben? Wie soll das gehen? Ich werde mich auch von dir in kleinen Rückwärtsschritten entfernen. Manchmal werde ich noch die Hände nach dir ausstrecken. Du wirst versuchen, sie zu ergreifen, sie festzuhalten. Dann wird es nur noch ein Winken sein, von immer ferner. Ich weiß, du wirst von Hoffnung zu mir sprechen. Ich werde das Wort noch verstehen. Aber es wird wie ein losgerissener Luftballon sein, dem ich nachblicke, wie er entschwebt, bis da nichts mehr ist als der Dunst, von dem er ununterscheidbar geworden ist. Du wirst trotzdem weiter davon sprechen, das weiß ich. Von GlaubeLiebeHoffnung. Du wirst es dir auch selbst zurufen müssen, denn es wird sehr schwer für dich werden. Und wir werden sehen (werden wir sehen?), ob am Ende die Liebe das Größte darunter gewesen ist.

Seit deinem zweiten Zusammenbruch bist du stabil geblieben. Du hast die Kur in der Reha eigenmächtig beendet. Du hast dich vorzeitig entlassen, und seither behandelst du dich selber, was deine Kollegen wahrscheinlich zur Verzweiflung bringt. Du gehst regelmäßig spazieren, ernährst dich sorgfältig, was in deinem Fall bedeutet, klassische Dickmacher zu dir zu nehmen. Hochkalorig nennst du diesen Ernährungsstil. Daher die Schokolade in deinem Kühlschrank. Trotzdem muss ich mir beschämt eingestehen, dass ich ein paar wenige Kilo mehr wiege als du. Du wirst wahrscheinlich einmal nicht am Herzinfarkt sterben. Denn deiner hageren Statur kann keine Schokolade etwas anhaben. Mit dir hat der Tod etwas anderes vor als mit den meisten. Und vorläufig räumst du ihm so wenige Chancen wie möglich ein. Du trainierst sogar mehrmals in der Woche im Fitnessstudio. Meine Angst um dich schläft trotzdem nicht. Sobald ich selbst die Anzeichen eines Atemwegsinfekts spüre, halte ich mich mit einer Konsequenz von dir fern, die leicht ins Hysterische kippen kann, wenn ich spüre, dass du die Gefahr nicht so ernst nimmst wie ich.

Was ist schon dabei? Zugegeben, es klingt schrecklich. Betreutes Wohnen. Ich glaube, seit einem halben Jahr bin ich jetzt hier. Oder länger? Oder noch nicht so lange?

Es ist k e i n Pflegeheim. Die Betreuung kann ich, muss ich aber nicht in Anspruch nehmen. Ich habe den Kindern gesagt, dass ich das niemals tun werde. Aber wenn es sie beruhigt. Sie wollen keine Probleme mit mir haben, weder jetzt noch in Zukunft. Ich kann das verstehen. Als damals die Probleme mit meiner Mutter auftraten – es war die Zeit, als mein eigenes Leben gerade ziemlich kompliziert war, mein Creative-Writing-Seminar war im Aufbau begriffen, die Kinder gingen noch zur Schule, und meine Scheidung von ihrem Vater war teuer und nervenaufreibend – damals habe ich mir geschworen, dass ich das niemals meinen Kindern antun werde, eine Belastung für sie zu sein, wenn ich alt werde. Aber ich verstehe, sie wollen auf Nummer sicher gehen mit mir. Also tue ich ihnen den Gefallen. Betreutes Wohnen! Sozialstation und so. Da können die lange drauf warten, bis ich mich von denen betreuen lasse. Aber die Wohnung ist hübsch, sonst hätte ich es nicht gemacht. Zwei Zimmer und eine Loggia nach Westen mit Abendsonne. Was will ich mehr. Nur die Laminatböden gefallen mir nicht. Vielleicht lasse ich mir irgendwann noch Parkett legen. Yvonne hat mir beim Umzug und Einrichten geholfen. Was würde ich ohne Yvonne tun? Ich habe ihr meine silbernen Bestecke geschenkt. Ich brauche keine silbernen Bestecke mehr. Was brauche ich denn noch? Was braucht man überhaupt noch, wenn man weiß, so sicher wie sonst nichts weiß, dass man in ein paar Jahren gar nichts mehr brauchen wird? Den Löffel abgeben. Keine schlechte Metapher. Ein bisschen einüben schadet nichts, finde ich. Allerdings stehe ich mit dieser Meinung so ziemlich allein. In den Gesprächen unter uns älteren und gegen Altersarmut, wie es scheint, abgesicherten Frauen herrscht die Überzeugung vor, dass man den eigenen Besitzstand um jeden Preis verteidigen solle und keinesfalls etwas davon an die Kinder abgeben. Es werden Beispiele schändlicher Undankbarkeit angeführt. Mein Argument, dass man doch irgendwann alles, aber auch alles abgeben muss und dass dann aufseiten der Kinder keine Dankbarkeit mehr erforderlich sein werde, wird so geflissentlich überhört, dass mir der Verdacht kommt, dass ich das oft schon gesagt und mich wahrscheinlich jedes Mal derselben Wortwahl bedient habe. Ich muss davon ausgehen, dass ich eine Zumutung und doppelt unbequem bin, indem ich fortgesetzt und wiederholt Ansichten äußere, die einmal gesagt schon unwillkommen genug wären. Am besten bist du still, sage ich mir nicht ohne Verbitterung und fühle mich auf einmal fremd unter meinen seit vielen Jahren vertrauten Freundinnen. Eine Kluft, die immer breiter und schwerer zu überbrücken wird. Als wir auseinandergehen, höre ich von dem Plan eines Bodensee-Ausflugs an einem der kommenden Wochenenden. Niemand hat mich gefragt, ob ich mitkommen möchte.

Brigitte nimmt mich auf der Heimfahrt im Auto mit. Ich warte darauf, dass sie den Bodensee-Plan erwähnt. Dass sie mich fragt, ob ich auch mit will. Aber Brigitte verliert kein Wort darüber. Als wir vor der Haustür meiner neuen Wohnung halten, frage ich, ob sie mit heraufkommen und sich meine Wohnung anschauen will.

Ich war doch schon da, sagt sie.

Stimmt.

Es langt für heute Abend.

Als ich hereinkomme, brennt Licht in meinem Wohnzimmer. Du hast auf mich gewartet. Manchmal tust du das, seit ich allein lebe. Du kommst unangemeldet und bist einfach da. Das ist wunderbar. Doch ich bin nicht in der Stimmung, irgendetwas wunderbar zu finden.

Warum hast du dir kein Bier geholt?, frage ich.

Ich bin sicher, da waren noch Flaschen im Kühlschrank. Ich sorge immer für einen Vorrat an Bier für dich.

Es war nichts mehr da, sagst du.

Aber ich habe Bier eingekauft. Ich weiß genau, dass ich welches eingekauft habe!

Vielleicht haben deine anderen Liebhaber es getrunken.

Ich bin nicht zum Scherzen aufgelegt, heute nicht. Ich laufe in die Küche und reiße den Kühlschrank auf.

Alles da, nur kein Bier. Ich habe es vergessen. Vergessen. Ich vergesse alles.

Das ist vollkommen normal, sagst du sanft. Jeder vergisst bei jedem Einkauf irgendwas.

Ich habe dafür elf Joghurtgläser im Kühlschrank, vier Päckchen Butter, sechs eingeschweißte Packungen Räucherlachs und noch einiges andere Überzählige. Es ist, als ob da ein Dämon in meinem Kühlschrank hauste, ein kleines perfides Heinzelmännchen, das ihn mit sinnlos angehäuften Dingen füllt. Mein Kühlschrank steht auf gegen mich. Er probt den Aufstand. Die Dinge, die mich umgeben, sind außer Kontrolle geraten. Sie machen mit mir, was sie wollen. Sie entziehen sich mir, sie verschwinden. Oder sie treten in beängstigenden Mengen auf. Sie wollen mich kleinkriegen. Sie wollen, dass ich verzweifle. Sie widersetzen sich mir. Dinge, die ich mein Leben lang beherrscht habe, reißen die Herrschaft an sich. Sie triumphieren über mich. Sie wollen mich kaputt machen.

Ich beginne, den Kühlschrank auszuräumen. Da marschiert eine Armee von Joghurtgläsern und all dem anderen Zeug gegen mich auf. Empört sehe ich mir die Haltbarkeitsdaten an. Abgelaufenes ist dabei. Ich befördere es in den Abfall.

Hör auf, sagst du und versuchst mich in eine Umarmung zu ziehen. Hör auf damit!

Aber ich muss dies erst klären, das musst du verstehen. Hier geschieht Ungeheuerliches. Und du? Du siehst dabei zu, anstatt mir zu helfen. Auf welcher Seite stehst du eigentlich?

Beate, sagst du, lass mich das machen, und nimmst mir das Glas aus der Hand, das ich gerade in den Mülleimer schleudern will.

Es ist unser erster Streit. Plötzlich wird mir das bewusst. Ich hatte gedacht, dass wir niemals streiten würden. Dass wir dazu überhaupt nicht in der Lage seien. Aber es ist ja auch nicht unser Streit, es ist meiner mit dir. Die Erkenntnis bewirkt, dass ich wieder zu mir komme und klar sehe. Meine Vergesslichkeit hat diese Anhäufung überflüssiger Dinge im Kühlschrank bewirkt. Ich vergesse gewöhnlich nicht, dass ich etwas einkaufen will. Ich vergesse, dass ich es schon eingekauft habe. Der Gedanke, dass ich etwas brauche, ist da und löst den Impuls es zu kaufen aus. Was nicht mehr eintritt, ist die Außerkraftsetzung des Impulses. Es ist wie bei deiner Atmung, wenn sie zusammenbricht. Einatmen funktioniert. Aber die Luft wieder rauszubringen, funktioniert nicht mehr.

Du musst es aufschreiben, sagst du, und durchstreichen, wenn du es besorgt hast.

Für alles muss ich Listen führen. Sie liegen überall herum. Ich habe auch überall Geld gefunden in letzter Zeit. Beträge von jeweils dreihundert Euro. Die

Höhe, in der ich gewöhnlich Geld abhebe. In meinen Handtaschen. In einer Küchenschublade. Im Badezimmerschrank. Es verhält sich so: Ich denke, ich brauche Bargeld, hole es mir und vergesse, dass ich es bereits geholt habe. Ich muss meine Kontoauszüge kontrollieren!

Wann hast du das zuletzt getan?, fragst du.

Ich weiß es nicht mehr.

Sollen wir das mal gemeinsam machen?

Du siehst unglücklich aus. Ich mache dich unglücklich.

Mach dir keine Gedanken, sagst du. Ich kann dir dabei helfen.

Ich möchte mir aber Gedanken machen. Solange ich mir noch Gedanken machen kann. Manchmal sind sie klar. So wie jetzt, da ich dies aufschreibe. Und manchmal – wie soll ich es dir erklären? Meine Gedanken fühlen sich genauso wie früher an. Genauso berechtigt. Genauso widerspruchsfrei, wie sie mir immer vorkamen. Da ist nur etwas dabei –

Was?, fragst du.

Angst. Da ist immer Angst dabei. Dass vielleicht alles anders als in meinen Gedanken ist. Das fühlt sich furchtbar an. So als wenn ich hier auf einem fremden Planeten gelandet wäre. Verstehst du das?

Nein, sagst du. Weißt du, warum nicht? Weil ich auf demselben Planeten gelandet bin. Hallo. Kennen wir uns nicht von der Erde?

Du bringst es wahrhaftig fertig, dass ich lachen muss, und wir räumen zusammen den Kühlschrank wieder ein.

Es ist alles so dumm von mir.

Intelligente Menschen, sagst du, machen intelligente Dummheiten.

Das hast du schon einmal gesagt, behaupte ich.

Es ist ein Treffer! Mein Gedächtnis arbeitet fabelhaft. Das war an dem Nachmittag, als du zum ersten Mal mit mir geschlafen hast.

Was du nicht alles weißt, sagst du.

Ich möchte das nicht vergessen. Du, ich und die beiden Anderen im Spiegel. Sie sehen uns dabei zu, wie wir uns mit deinen dünnen Handtüchern abtrocknen. Haben wir eine Dummheit gemacht? Du trittst hinter mich, umarmst mich. Die beiden im Spiegel heben die Brauen. Sie sind jetzt Auge in Auge mit uns. Sie können immer noch nicht glauben, was sie sehen. Intelligente Menschen machen intelligente Dummheiten, sagst du in mein Ohr.

Ich überantworte diesen Moment der Maschine, die jetzt mein Gedächtnis ist. Sie soll ihn speichern. Bewahren. Dann kann ich ihn vergessen, und er ist immer noch da. Ein sinnvolles Tun. Es befriedigt mich. Ich bin müde. Der Tag war lang. Das Denken in Zusammenhängen strengt mich sehr an. Ich habe zu viel geschrieben in den letzten Tagen.

Ich höre jemanden sagen: Komm, lass uns schlafen gehen. Das musst du sein. Du bist da.

Bist du immer noch da?

Ende Februar. Der Frühling kommt so früh in diesem Jahr. War überhaupt Winter? Ich kann mich an keinen einzigen Schneetag erinnern. Ich frage dich, ob es geschneit hat in diesem Jahr. Nein, sagst du. Ich bin erleichtert. Ich habe es nicht vergessen. Sondern es hat nicht geschneit. Ein Winter ganz ohne Schnee bei uns.

Wir haben einen Ausflug gemacht. Ich bin gefahren, und du hast gesagt, wie ich fahren soll. Wo sind wir gewesen? Wir haben einen Spaziergang im Wald gemacht. Einen kleinen Spaziergang. Weit laufen kann man nicht mehr mit dir, weil du beim Laufen nicht genug Luft hast und häufig stehen bleiben musst. Der Wald war noch sehr nackt. Das Wetter war Frühling. Aber die Natur war noch nicht so weit. Es war zu hell. Das Licht hat mich überfordert. Kopfschmerzen davon wie jedes Jahr im frühen Frühling. Ich muss mir unbedingt eine Sonnenbrille kaufen. Aufschreiben. In meiner Wohnung liegen die Zettel überall. Ich notiere mir, was zu erledigen ist. Sonnenbrille kaufen. Fragen, wo wir gewesen sind, als wir den Spaziergang machten. Notieren: Ausflug? Wenn du kommst, muss ich dich fragen.

Aber ich weiß noch, worüber wir sprachen, als wir im Wald waren. (Wo?) Ich sagte etwas zu dir, und du gabst eine Antwort, die mich beglückt hat. Ein unvergesslicher Augenblick. Du sprachst mit Wärme und Nachdrücklichkeit zu mir. Ich liebe es, wenn du so zu mir sprichst. Wenn ich die Frage noch wüsste, dann fiele mir auch die Antwort ein, die du gegeben hast. Ich werde das niemals vergessen, dachte ich. Das weiß ich noch ganz genau.

Unvergessliche Augenblicke nicht vergessen. Das kann man nicht notieren.

Jetzt fällt mir ein, warum mich das Licht so gestört hat. Ich hatte im Januar eine Staroperation, zuerst auf einem Auge, dann auf dem anderen. Seither ist alles zu hell für mich. Große Überraschung, als ich aus der Klinik kam. Ich hatte nicht mehr gewusst, wie hell alles ist. Und wie farbig. Man gewöhnt sich an die Dämmerung in der Welt. Deshalb blendet mich jetzt alles so. Die Dinge haben also natürliche Ursachen. Im Moment, da ich dies schreibe, kommt es mir wie eine tiefe Erkenntnis vor.

Ich sagte zu dir: Ich gewöhne mich daran. Nein: Ich finde mich ab. Ich übe mich darin, dass ich mich damit abfinde.

Womit?, fragtest du.

Mit den Gegebenheiten meines Lebens.

Ja! Dann wirst du auch einmal in Frieden sterben.

Das war es, was du auf dem Waldweg zu mir gesagt hast. Nicht vergessen, notiere ich: In Frieden sterben.

Habe mir eine Sonnenbrille gekauft. Ein hübsches Etui dazu. Als ich die Schublade öffne, wo ich meine Brillen verwahre, finde ich drei Sonnenbrillen darin. Lauter hübsche Etuis. Ich muss das ausstreichen auf meinen Merkzetteln. Besser auf einem neuen Zettel notieren: Keine Sonnenbrille mehr kaufen.

Emma war hier. Ich habe ihr das Gedicht von Morgenstern über die Möwen aufgesagt.

Die Möwen sehen alle aus, als ob sie Emma hießen … Das gefiel ihr. Sie konnte es sofort auswendig. O Mensch, du wirst nie nebenbei der Möwe Flug erreichen. Wofern du Emma heißest, sei zufrieden, ihr zu gleichen.

Wofern. Das Wort hat uns beide entzückt. Emma gleicht mir. Selbst ihre Großmutter von der anderen Seite sagt, dass mir Emma gleicht. Das ist sehr schmeichelhaft für mich. Emma ist ein entzückendes Mädchen. Ich möchte eine Möwe sein, um ihr zu gleichen.

Schon ein Libellenkopf, ein Möwenflügel
Wäre zu viel und litte schon zu sehr.

Das kommt mir in den Sinn, ist aber nicht von Morgenstern, sondern von Gottfried Benn. O dass wir unsere Ururahnen wären … auch die Gedichte geraten mir durcheinander. Ich muss sie aufschreiben. Eine Datei mit ein paar Favoriten anlegen. Goethe. An den Mond. Mörike. Peregrina. Mein Gott, was noch?

Was noch? Hölderlin. Weh mir, wo nehm ich, wenn es Winter ist … Keiner sagt heute mehr so etwas. Weh mir. Weh uns.

Im Winde klirren die Fahnen …

Es ist das allertraurigste Gedicht der Welt.

Emma

2020

An dem Tag, als ihre Großmutter starb, war sie mit dem Auto in Frankreich unterwegs. Sie hatte sich früh am Morgen mit jemandem gestritten, der daraufhin eine flüchtige Episode in ihrem Leben blieb. Sie hatte ihn am Strand von Les Sables-d'Olonne sitzen gelassen. Er musste mal pinkeln, und sie war einfach ohne ihn weitergefahren, natürlich nicht, ohne sein Gepäck am Wegrand stehen zu lassen. Jetzt, unweit von Rouen, quälte sie der Gedanke, ob er genug Bargeld dabei hatte, um mit dem Zug zu fahren. Hatte er überhaupt Geld dabei? Er hatte sich beim Bezahlen auffällig zurückgehalten und es ihr überlassen. Und dann diese Nacht in den Dünen. Es war jetzt Ende August verdammt kalt nachts am Atlantik. Zuerst hatten sie noch Sex gehabt. Dann sich gestritten. Sie wollte danach auf Hotelzimmersuche gehen. Er hatte ihr klar gemacht, dass es dazu zu spät war. Sie warf ihm vor, das sei ihm doch gerade recht. Warum? Ob sie nicht glaube, dass er auch lieber in einem richtigen Bett schlafe. Sie schwor, sie würde jetzt lieber mit irgendeinem x-beliebigen Kerl im Hotelzimmerbett liegen als mit ihm in den Dünen. Das war's dann. Er warf ihr die einzige Wolldecke hin, die sie hatten. Und du?, fragte sie, halbbereit zur Versöhnung.

Er wolle sich lieber den Tod holen, als mit ihr unter einer Decke zu schlafen. Et cetera. Kurz darauf knallte die Autotür. Als sie sich auf dem Kältescheitel der Nacht ebenfalls lieber ins Auto setzen wollte, als weiter den nasskalten Sand unter sich zu spüren, stellte sie fest, dass von innen verriegelt worden war. Dabei gehörte das Auto ihr. Sie klopfte an die Scheibe. Er stellte sich schlafend und ließ sie solange zetern, bis sie wieder im Unrecht war. Dann durfte sie es sich auf den hinteren Sitzen neben den Reisetaschen bequem machen, während er sich auf den beiden Vordersitzen lang gemacht hatte. Da war ihr Plan, ohne ihn weiterzufahren, längst gereift. Sie würde ein Stück Richtung Norden fahren und vielleicht von Le Havre aus nach Südengland. Als es hell wurde, kam der Anruf und weckte sie aus der Erstarrung, die alles andere als Schlaf gewesen war.

Deine Großmutter stirbt, sagte ihr Vater. Ich wünschte, du wärest hier.

Sie gab ihren Standort durch.

Das schaffst du nicht mehr, sagte er.

Doch, sagte sie.

Fahr nicht zu schnell, sagte ihr Vater. Überhol keine Lastwagen auf französischen Landstraßen. Versprich mir das!

Papa!, sagte sie.

Jemand gähnte und reckte und streckte sich. Und? Wie hast du geschlafen?

Meine Großmutter stirbt.

Oh, sagte er, das passt jetzt aber gar nicht.

Und war bald nur noch ein zappelndes hilfloses Männchen in ihrem Rückspiegel, und dann nicht mehr zu sehen.

Am frühen Abend, nach zahllosen riskanten Überholmanövern von Sattelschleppern auf französischen Landstraßen, kam sie am Pflegeheim an. Ihre Großmutter lebte noch.

Sie sah die Verwandlung, die mit ihr geschehen war, sofort. Es war keine Demente mehr, die hier starb. Es war die Frau, die sie vorher gewesen war, bevor ihr Gedächtnis, ihr waches Bewusstsein, ihre Geisteskraft sie verließen. Die sechzehn Jahre, die seitdem vergangen waren und sie in eine immer tiefere Umnachtung geführt hatten, waren nicht ausgelöscht. Sie hatten ihre Spuren hinterlassen, ihr Gesicht zerfurcht, ihr Haar ausgedünnt, an ihrem Körper gezehrt und seine Konturen erschlaffen lassen. Aber das Großmutterwesen, an das Emma sich nur dunkel erinnerte – die meiste Zeit hatte sie in all den Jahren erlebt, wie es sich zurückzog, sich verflüchtigte, bis nur noch eine Fassade da war und dahinter nichts mehr, leer – war wieder zurückgekehrt. Die Zuflucht. Die Trösterin. Die Gutenachtbeterin. Die Vorleserin. Die ZwarnichtmeineMutter-, aber immerhin Oma-Frau. Die Frau, deren Bücher im Regal standen, einige davon sogar von Emma gelesen und auf merkwürdige Art gar nicht einmal so schlecht gefunden. Es war diese Frau, die hier starb. Nicht mehr die traurige Schwundstufe von ihr, die Emma manchmal im Heim besucht hatte. Mit der sie peinliche, sich ewig in die Länge ziehende Dreiviertelstunden verbracht hatte, bevor sie meinte, aufbrechen zu dürfen. Oma, ich gehe. Und nichts. Keine Reaktion von ihr. So wie sie auch keine Freude gezeigt hatte, wenn sie Emma sah. Sah sie überhaupt Emma? Oder wen sah sie da? Und man setzte sich ihr gegenüber und suchte ihren Blick. Ich bin Emma. Ich bin deine Enkelin. Nichts. Aber dann hatte sie ihr einmal ein Foto von sich gezeigt. Es war das Foto im silbernen Rahmen, das auf ihrem Tischchen stand. Sie hatte es genommen und ihr vor die Augen gehalten.

Emma!, hatte sie da gesagt.

Ein kurzes Aufleuchten.

Das bin ich, hatte Emma gesagt und auf sich gezeigt.

Aber da war der Funke in ihr schon erloschen.

Seither hatte sie es jedes Mal so gemacht. Den Weg über das Foto genommen. Meistens zündete es. Und dann hatte sie ihr das Foto von ihrem Cousin gezeigt. Das ist Leo, dein Enkel. Emma und Leo. Leo und ich. Deine Enkelkinder.

Und einmal hatte ihre Großmutter da all die ihr verbliebene Geisteskraft aktiviert, alles, wozu sie noch fähig war. Man konnte die Anstrengung spüren, die es sie kostete.

Beide gut, sagte sie.

Der Tod, das sah Emma sofort, kam nicht, um die demente Alte zu holen, die sie in den letzten Jahren gewesen war, er hatte Ansprüche an sie. Er wollte sich mit ihr messen. Er wollte sie tapfer. Er wollte sie kämpferisch. Er wollte die Frau, die sie einmal gewesen war. Er legte sich mit ihr an, und sie legte sich mit ihm an. Da war ein Ringen zwischen dem Tod und ihr. Es war nicht leicht mit anzusehen. Der Tod nahm sie erbarmungslos her. Er forderte alle Kräfte heraus, die noch in ihr waren. Ihre Brust hob und senkte sich schwer. Ihre Züge waren verzerrt von der Anstrengung des Kampfes, die Adern an den Schläfen geschwollen, die Lider halb geöffnet und der Blick starr auf etwas gerichtet, das nur sie selbst sehen konnte. Sie schien hoch konzentriert, und alle Verwirrtheit war von ihr abgefallen. Sie musste wohl, um zu sterben, noch einmal ganz in sich zurückkommen.

Emma dachte, dass Sterbende noch etwas sagen wollen. Sie hatte noch keinen Menschen sterben gesehen. Und als sie jetzt sah, wie das Sterben ihre Großmutter verwandelt hatte, wartete sie darauf. Doch mit der Zeit, die sehr langsam verstrich, sah sie ein, dass ihre Großmutter nicht zurückgekommen war, um noch etwas zu sagen, sondern einzig, um ihren Tod zu bestehen.

Du musst hungrig sein, sagte ihr Vater.

Ich kann später etwas essen, antwortete sie.

Und das Wort ›später‹ schlug mit den Flügeln und glitt hinaus in die Nacht, die sich vor den Fenstern herabsenkte. Später, wenn sie nicht mehr lebt.

Ein junger Mann kam herein, ein Pfleger. Ich bin der Nachtdienst, sagte er. Ich bin da. Wenn Sie mich brauchen …

Danke, sagte ihr Vater.

Wollen Sie nicht etwas Licht machen?, sagte der junge Mann. Wenn es so weit ist, liegen sie nicht gern im Dunkeln.

Christian stand auf, ging zum Tisch und knipste die Schreibtischlampe an. Ihr Lichtkegel fiel auf das Notebook, das dort stand, seit Langem unbenutzt. Aber niemand hätte es ihrer Großmutter wegnehmen dürfen. Sie hatte es wie einen Schatz gehütet. Das Letzte, was aus ihrem Leben als Schriftstellerin übrig geblieben war. Und die Bücher auf dem Brett an der Wand.

Die hast du geschrieben.

Es bedeutete schon lange nichts mehr für sie, wenn ihr das gesagt wurde. Aber das Notebook. Sie fuhr manchmal mit den Händen darüber, zärtlich. Manche der Alten hatten ein Stofftier im Bett, eine Puppe im Sessel, die sie beim Fernsehen auf dem Schoß hielten und streichelten. Das war ihr Notebook. Ein letzter

Gegenstand, den sie noch nicht losgelassen hatte, und man ließ ihn ihr. Es schien Emma richtig, dass jetzt das Licht auf ihn fiel, auch wenn ihre Großmutter ihn von da, wo sie lag, nicht sehen konnte. Sie sah wohl gar nichts mehr, auch sie nicht, auch ihren Vater nicht. Nichts mehr von der Welt, die sie sich zu verlassen anschickte.

Emma stand auf und folgte dem Pfleger nach draußen. Sie kannte ihn schon. Vor ihrer Abreise hatte sie mit ihm gesprochen. Ob er glaube, sie könne in Urlaub fahren. Sie wolle da sein, wenn es mit ihrer Großmutter zu Ende gehen sollte. Es war seit Wochen schon deutlich gewesen, dass ihr der Tod bevorstand. Sie aß kaum noch, wollte nicht trinken. Kaum hatte man sie in den Rollstuhl gesetzt, fiel ihr Kopf zur Seite und sie glitt in den Dämmerzustand, aus dem man sie kaum noch wach bekam. Wie lange kann das noch dauern, hatte Emma den Pfleger gefragt und sich gleichzeitig entlarvt gefühlt. Hier war eine, der das Sterben ihrer Großmutter bei der Urlaubsplanung in die Quere kam. Sie müsse sich nach ihrem Freund richten, hatte sie angeführt, und es damit noch schlimmer gemacht, wie ihr sofort klar geworden war.

Kann Wochen dauern oder Tage, vielleicht auch Monate, hatte der Pfleger geantwortet. Niemand wisse das. Der Tod richte sich nicht nach den Wünschen der Lebenden. Aber sie solle ruhig fahren. Das Leben müsse sich schließlich auch nicht nach dem Tod richten.

Auch wenn der Punkt an ihn ging – die Antwort gefiel ihr. Der Junge schien ihr, was die Fragen des Lebens und Sterbens betraf, bemerkenswert kompetent. Sie führte es auf seine Herkunft zurück. Er war anders. Er war Russe, vor ein paar Jahren mit seinen Eltern nach Deutschland gekommen.

Scheißspiel, sagte er, Russe in deutscher Schule sein. Denken die, willst du nix lernen, nur Krawall machen.

Und was willst du jetzt hier, hatte sie gefragt. Wie hält man das aus, hier zu arbeiten?

Er wollte Medizin studieren. Mit der Ausbildung zum Pfleger wertete er seine Chancen für einen Studienplatz auf. Sein Abidurchschnitt sei hoffnungslos, aber mit jedem Jahr, das er als Pfleger arbeite … Ihr gefiel seine Sprache, das Fremde darin, die gerollten R.

Sie folgte ihm jetzt in die Stationsküche.

Gibt es hier irgendwas Essbares?, fragte sie. Ich habe den ganzen Tag noch nichts gegessen.

Magst du Kuchen?

Es war eine Mischung aus Äpfeln, Mohn und Vanillecreme, was er vor ihr auf den Tisch stellte.

Hat meine Mutter gebacken, sagte er. Rezept von zu Hause.

Sie sah Holzhäuser, Taiga, Staketenzäune vor sich, was man so denkt, wenn man Russland denkt. Zu

Hause, das war offenbar noch immer für ihn, wo er hergekommen war. Erst als sie aufgegessen hatte, fiel ihr auf, dass sie wahrscheinlich seine nächtliche Ration vertilgt hatte, das Kuchenstück, das seine Mutter ihm eingepackt hatte.

Macht nichts, sagte er. Keine Zeit zu essen bis morgen früh. Sind zwei Menschen unterwegs. Muss nach dem Rechten sehen.

Zwei, dachte sie, unter einem Dach. Der Tod hat zu tun heute Nacht. Und sein Helfer. Sie war bei ihm eingekehrt. Sie war gern bei ihm zu Gast.

Wie war deine Reise?, fragte er.

Abgebrochen, sagte sie.

Und dein Freund?

Auch abgebrochen.

Und jetzt?, fragte er.

Ich bin müde, sagte sie und erzählte ihm, dass sie die Nacht in den Dünen und vor Kälte schlotternd verbracht hatte.

Musst du besser aufpassen, mit wem du reist, sagte er. Gehst du wieder zu Oma. Das dauert noch, bis Oma tot ist. Ich kenne mich aus. Kannst du ein bisschen schlafen. Und Schönes träumen. Ist gut für Oma, wenn du Schönes träumst, wenn sie stirbt. Ist wie Reisebegleitung. Aber besser als mit deinem Freund. In Russland sagen wir: Traum ist Fenster in eine andere Welt.

Danke für den Kuchen, sagte sie.

Als sie zurückkam, war ihr Vater auf seinem Stuhl eingeschlafen. Sie setzte sich leise mit dem Rücken zur Wand an die andere Seite des Bettes der Sterbenden. Ihr Atem ging jetzt noch heftiger. Sie keuchte wie eine Läuferin, die bald zusammenbricht. Ihr Mund stand offen, und Emma nahm eines der Wattestäbchen, die mit Zitrus getränkt waren, und befeuchtete damit die Mundhöhle. Der Hauch des Todes, der aus ihrem Mund kam, war fürchterlich. Er sorgte dafür, dass die Lebenden auf Distanz zu ihr blieben. Sie brauchte jetzt diese Distanz beim Sterben. Sie musste für sich bleiben. Emma sah vor sich das Schlafgesicht ihres Vaters. Sein Kopf war nach hinten gefallen, und sein Mund stand offen wie der der Sterbenden. Emma bemerkte schockiert die Ähnlichkeit zwischen Mutter und Sohn. Sie war ihr nie aufgefallen. Dabei war sie überdeutlich. Sie offenbarte sich jetzt in der Sterbestunde seiner Mutter, und Emma dachte daran, dass sie wahrscheinlich auch ihren Vater einmal sterben sehen würde, an seinem Bett sitzend, so wie er jetzt am Bett seiner Mutter saß. Und etwas zog durch den Raum, etwas, das den drei Personen, die anwesend waren, ein Zeichen aufprägte. Es machte sie zu Vertretern der Generationen. Mutter. Sohn. Enkelin.

Eine große Müdigkeit überkam Emma. Sie erkannte, dass alles, was diesem Moment vorangegangen war, die Anstrengung der langen Autofahrt, ja, schon die Anspannung der Nacht davor, die Kälte, die Trennung, der Streit, die ganze Unruhe der letzten vierundzwanzig Stunden, dass es hier mündete und zur Ruhe kam. Sie spürte ein entschiedenes Zurückweichen aller Wichtigkeiten, nicht nur ihres eigenen Lebens, sondern überhaupt. Nur was in diesem Raum geschah, war von Bedeutung. Alles andere verblasste, es entfernte sich. Und die Welt passte in dieses Zimmer. Sie verdichtete sich zu einem Konzentrat von Welt. Sie tat es mit einer Kraft, der man sich nicht widersetzen konnte. Emma schloss die Augen und legte den Kopf an die Wand hinter sich. Wir können doch nicht schlafen, während sie stirbt, dachte sie noch …

Als sie aufwachte, sah sie den Blick ihres Vaters auf sich gerichtet.

Du warst so schön, würde er später zu ihr sagen. So jung, wie du schliefst. Ich sah deine blühende Schönheit vor mir, während meine Mutter starb.

Ein paar Tage nach der Beerdigung rief der Russe sie zu Hause an. Er habe etwas für sie, sagte er. Etwas, das er ihr noch geben müsse.

Was denn?, fragte sie.

Hatten sie etwas vergessen? Es hatte alles sehr schnell gehen müssen. Das Zimmer im Pflegeheim wurde am nächsten Tag schon wieder neu belegt, und sie waren gebeten worden, es bis zum Mittag zu räumen. Als sie mit ihrer Mutter kam, lag die Tote noch in dem Bett, in dem sie gestorben war. Sie schien in den Stunden, die seither vergangen waren, geschrumpft zu sein, das kalkweiße Gesicht fast ohne Ähnlichkeit mit dem der Lebenden. Als bald darauf die Bestatter kamen, ging Emma hinaus. Sie hatte in der Nacht zuvor genug Abschied erlebt und brauchte nicht auch noch dies.

Als sie zurückkam, war das Bett leer und abgezogen. Ihre Mutter hatte bereits begonnen zu packen. Es war nicht viel, was sie mitnahmen. Die Fotos, die Bücher auf dem Regal. *Lolita. Der Leopard. Die Buddenbrooks. Anna Karenina.* Bücher, die ihre Großmutter schon lange nicht mehr zu lesen imstande gewesen war, und diejenigen, die sie vor langer Zeit, in einem anderen Leben, selber geschrieben hatte. Ein paar alte Briefe mit Absendern von Leuten, die zum Teil selbst schon gestorben waren. Das soll dein Vater entscheiden, ob wir die wegwerfen, hatte Yvonne gesagt. Und ein Kästchen mit ein paar Ringen, Broschen, einer Armbanduhr, Dingen, die die Tote schon lange nicht mehr gebraucht hatte. Alles andere für den Müll. Was mit der Kleidung und der Wäsche geschehen solle, fragte die Heimleiterin, die mit den zu unterzeichnenden Dokumenten erschienen war. Es gebe da immer Bedürftige im Heim, die davon etwas brauchen könnten. Und sie ließen alles da.

Zum Schluss stand nur noch das Notebook auf dem Tisch.

Was machen wir jetzt damit?, fragte Emma.

Elektroschrott, sagte Yvonne. Was sonst? Das Teil ist noch aus dem vorigen Jahrhundert.

Sie hing so daran, sagte Emma.

Schätzchen, sagte Yvonne, du willst es doch wohl nicht behalten?

Könnte doch sein, sagte Emma, dass da ihr letzter Roman drauf ist.

Das glaubst du doch selbst nicht, sagte Yvonne. Sie hat schon seit zwanzig Jahren nichts mehr geschrieben.

Emma nahm das Notebook und ließ es in den Sack für Sondermüll fallen. Es gab ein scheußliches Geräusch von sich, als es aufschlug, ein metallisches Bersten.

Das war die Festplatte, hatte Yvonne festgestellt und den halbleeren Umzugskarton geschlossen, den sie mitgebracht hatten. Das Zimmer war frei für die nächste Bewohnerin.

Haben wir etwas vergessen?

Nein, sagte der Russe. Es handele sich um etwas Anderes. Eine Botschaft. Nein, keine Botschaft. Eine Gabe.

Sie wunderte sich über das Wort. Eine Gabe?

Er könne ihr das am Telefon nicht erklären. Ob sie sich vielleicht treffen könnten? Er nannte ihr ein Café in der Nähe des Bahnhofs.

Sie war ein wenig enttäuscht von ihm. Der Todesengel war offenbar nur ein Mann, der einen Vorwand brauchte, sich mit ihr zu verabreden. Aber der Vorwand war gut, das musste sie zugeben. Und sie verabredete sich mit ihm.

Selbstredend kam sie etwas zu spät. Es war kein Café, eher ein Bistro. Der Russe stand an der Theke und sah besser aus als der Pfleger, als den sie ihn kannte. Gut angezogen. Man sah ihm an, dass er als der junge Arzt posierte, der er gern gewesen wäre. Sie waren beide ein bisschen unsicher, sich hier zu begegnen. Es war schwierig, an die Nacht anzuknüpfen, als der Tod sie miteinander bekannt gemacht und keine Posen geduldet hatte.

Was trinkst du?, fragte sie.

Wodka, sagte er und zeigte auf das volle Wasserglas, das vor ihm stand.

Wirklich?

Das glaubt ihr doch von uns, sagte er. Dass wir Wodka wie Wasser trinken. Willst du auch einen?

Ja, sagte sie, und zu dem Mann hinter der Theke: Ich will dasselbe, was er hat. Und bekam Pellegrino.

Was wolltest du mir geben?

Er griff in seine Jackentasche und legte ein Ding auf die Theke, das ihr auf den ersten Blick wie ein Feuerzeug vorkam. Dann sah sie, dass es ein USB-Stick war.

Was soll ich damit?, sagte sie.

Ist für dich. Das soll ich dir geben.

Wer hat das gesagt? Meine Großmutter?

Nein, sagte der Russe, das war der Mann, der immer zu ihr gekommen ist.

Welcher Mann?

Er kam alle die Jahre. Er kam jeden Tag. Hast du ihn nicht gekannt?

Nein, sagte sie. Keine Ahnung.

Erst dachte ich, muss ihr Mann sein, sagte er. Gibt solche Männer, die ihre Frau jeden Tag besuchen. Aber die meisten kommen gar nicht mehr. Oder selten. Oder nur Weihnachten.

Mein Stiefgroßvater, sagte sie, ist schon lange tot.

Wenn du mich fragst, das war eine Liebesgeschichte, sagte er.

Du spinnst, sagte Emma. Meine Großmutter hätte ihn gar nicht mehr wiedererkannt. Die kannte niemanden mehr, nicht einmal meinen Vater und seinen Bruder.

Ich weiß, sagte der Russe. Aber es gibt andere Arten von Wiedererkennen.

Wie meinst du das?

Statt einer Antwort legte er ihr die Hand in den Nacken und zog sie zu sich heran. So.

Emma war zu überrascht, um sich zur Wehr zu setzen. Er hatte sie auch schon wieder losgelassen.

Wie alt war der Mann?, fragte sie.

Sehr alt, sagte der Russe. Älter als sie. Uralt. Und krank. Hat viel gehustet.

Und wie sah er aus?

Uralt eben. Der Russe zuckte mit den Schultern. So weißer Bart …

Und plötzlich erinnerte Emma sich. Sie kam aus dem Aufzug, und am Ende des Flures sah sie ein sehr altes Paar. Die Frau saß im Rollstuhl und sich zu ihr hinneigend und ihre Hand haltend saß ein Mann mit weißem Backenbart neben ihr. Und sie erkannte ihre Großmutter. Emma sah das Bild so deutlich vor sich, wie sie es damals, es war vielleicht drei Jahre her, im Näherkommen gesehen hatte. Ein Lichtstrahl fiel von der Seite her auf das Paar, und sie konnte die Staubkörner darin glitzern und tanzen sehen.

Du musst Emma sein, hatte der Mann gesagt. Siehst du, Beate, das ist Emma, die zu dir kommt.

Und dann hatte er ihrer alten Großmutter die Hand geküsst, war aufgestanden und hatte zu Emma gesagt: Ich wollte sowieso gerade gehen.

Und wo ist er jetzt?, fragte Emma.

Der kommt nicht mehr, sagte der Russe. Der ist schon seit ein paar Wochen nicht mehr gekommen. Der war fällig, würde ich sagen. War überhaupt ein Wunder, dass der noch am Leben war mit diesem Husten.

Und kurz darauf ist sie dann auch gestorben, sagte Emma nachdenklich.

Naja, sagte der Russe. Wenn man's romantisch nimmt.

Sag noch mal romantisch, sagte Emma. Das klingt so komisch bei dir.

Romantisch, sagte der Russe mit einem sehr russischen R. Wir Russen stehen auf romantisch.

Emma ignorierte das. Und was ist hiermit? Sie nahm das Ding in die Hand, das auf der Theke lag.

Er hat zu mir gesagt, das soll ich dir geben. Ist etwa drei Monate her. Gib das Emma, hat er gesagt. Er könne das vielleicht nicht mehr selber tun. Und dann ist er auch bald nicht mehr gekommen.

Mir?, fragte Emma. Warum mir?

Keine Ahnung, sagte der Russe. Musst du öffnen und anschauen. Vielleicht eine Botschaft drauf. Ist doch schön, dass deine Oma noch mit dir spricht.

Oder der alte Mann, sagte Emma.

Erzählst du mir, was drauf ist, wenn du 's gesehen hast?

Möchtest du es wissen?

Ja, sagte der Russe.

Und Emma gab seine Telefonnummer ein.

Auf dem USB-Stick war eine Datei, die den Namen »Dezember« hatte. Es stellte sich aber heraus, dass Emma ein Kennwort gebraucht hätte, um sie öffnen. Das war schade. Sie mochte den Russen. Sie hätte gern einen Grund gehabt, ihn anzurufen, um sich wieder mit ihm zu verabreden. Aber so ließ sie es bleiben. Und sie hörte auch nichts mehr von ihm, was sie ein wenig, ein ganz klein wenig beleidigte. Ein winziger narzisstischer Nadelstich. Nicht der Rede wert. Dennoch war es schade um die Gelegenheit. Emma war nicht immun gegen den Reiz einer Begegnung, die derartig analog zustande gekommen war. Kein Date aus dem Netz. Kein vorhergegangenes Abchecken der Match-Faktoren. Sie wäre bestimmt beim Beruf Altenpfleger bereits ausgestiegen aus dem Check. Aber wie er den Stick auf die Theke gelegt hatte. Und wie er »romantisch« gesagt hatte. Das hatte was. Und diese Nacht, als ihre Großmutter gestorben war.

Sterben, hatte er in dieser Nacht gesagt, Sterben ist auch Leben.

Sterben mit russischem R.

Und dann waren sie nach Hause gefahren, ihr Vater und sie, und hatten die Tote allein gelassen. Das hatte sich falsch angefühlt. Musste man nicht bis zum Morgen an ihrem Bett bleiben? Nannte man das nicht Totenwache?

Kannst du nach Hause gehen, hatte der Russe gesagt, als er sah, dass sie zögerte. Kannst du dich schlafen legen. Deine Oma ist nicht alleine. Ich bin ja da.

Er war ja da. Das hörte sich gut und verlässlich an. Und sie musste unbedingt duschen. Also fuhren sie.

Jetzt hatte sie diesen Stick. Das Wort Vermächtnis ging durch ihren Kopf. Und sie hätte natürlich leicht jemanden finden können unter ihren Freunden, der das Kennwort für sie geknackt hätte. Viele konnten das. Aber nachdem ein paar Tage und Wochen vergangen waren, schien es ihr nicht mehr so wichtig. Vielleicht irgendwann. Andere Dinge waren wichtiger. Sie machte ein Praktikum bei einer Filmfirma. Ging mit einem Team nach Australien und blieb nach Abschluss der Dreharbeiten noch ein paar Monate dort und jobbte auf einer Obstplantage. Dann rief sie ihren Vater an und bat ihn um das Geld für den Rückflug. Das Jahr nach ihrem Abitur war vorbei, und die Wahrheit war, dass sie immer noch nicht wusste, was sie werden wollte. Sie bewarb sich an einer Filmakademie und fiel bei der Aufnahmeprüfung durch. Sie versuchte sich an einem Drehbuch, schrieb Kurzgeschichten und Gedichte. Sie hatte immer Gedichte geschrieben. Aber das war ja nicht zielführend. Sie wusste, dass sie schreiben wollte, aber wenn sie ehrlich war, wusste sie nicht worüber. Sie studierte ein wenig Literaturwissenschaft, verdiente mit kleineren Jobs so viel, dass sie ihr Zimmer in einer WG finanzieren konnte, und so verging das zweite Jahr. Die meisten ihrer Freunde lebten so. Das Leben lag vor ihnen. Es würde noch lange vor ihnen liegen, noch Jahre lang. Wann hört das Leben auf, vor einem zu liegen? Sie verschob die

Frage auf später. Es gab so vieles, was jetzt wichtig war. Sie schrieb eine Kurzgeschichte, in der sie die Nacht am Strand von Les Sables-d'Olonne verarbeitete. Sie schrieb sehr lakonisch. Sehr hart. Auch über den Sex in den Dünen. Der Schluss war offen. Es war der Moment, als sie abgefahren war, den verzweifelt zappelnden Jungen im Rückspiegel. Sie überließ es dem Leser, zu entscheiden, wie es weiterging. Ob die Protagonistin umkehren würde oder weiterfahren. Der Freund, den sie zu der Zeit hatte, ein Student der Komparatistik, war sehr angetan von dem Text. Fand ihn authentisch. Und sie bewarb sich damit ohne viel Hoffnung am Literaturinstitut in Leipzig. Hunderte bewarben sich dort, und sie wurde genommen.

Du hast das Gen, sagte ihr Vater.

Welches Gen?

Das Dichtergen von deiner Großmutter, sagte er. Ich habe immer gewusst, dass du es hast.

Na, dann werde ich mal Dichterin, sagte sie.

Als sie zum Wintersemester ihre Sachen zusammenpackte, bestand ihre Mutter darauf, dass sie einen Mantel mitnehmen solle. Sie stritt ein wenig mit ihr. Wozu den Mantel? Leipzig ist doch nicht Sibirien.

Ich habe ihn reinigen lassen, sagte Yvonne. Sieh mal, was ich in den Taschen gefunden habe.

Es war ein USB-Stick.

Ist da was Wichtiges drauf?

Ich seh mal nach, sagte Emma.

Die Datei hieß Dezember. Sie erinnerte sich. Es war jetzt zwei Jahre her. Sie dachte daran, ihn wegzuwerfen, behielt ihn aber doch. Es war eine Art Talisman, ein Vermächtnis ihrer Großmutter, die ihr das Dichtergen vererbt hatte. Sie nahm ihn mit nach Leipzig, und er wanderte dort durch verschiedene Hosen- und Jackentaschen. Sie trug ihn meistens bei sich wie einen Handschmeichler. Ja, er fühlte sich wie ein Handschmeichler an, und sie suchte manchmal danach, wenn sie nicht mehr wusste, wo er geblieben war, und kramte in ihren Taschen, bis sie ihn fand.

Sie arbeitete in Leipzig an einer Erzählung über den Tod einer alten Frau in einem Pflegeheim. Man riet ihnen am Institut, bei der eigenen Geschichte anzusetzen. Herkunft. Familie. Selbsterlebtes. Selbsterlittenes. Aber was hatte sie schon erlebt? Was erlitten? Sie kam nicht voran damit. Sei du selbst! Sei authentisch!, riefen die Studierenden einander zu. Emma dachte an die Beziehungen, die sie gehabt hatte. Sie konnte nichts darin finden, was nicht genau das zu sein schien, was auch andere erlebten. In den Texten, die sie einander vorlasen, ging es um die immer gleichen Varianten des Misslingens von Beziehungen. Versuchte Intimität. Verletzung. Beschämungen. Sicher, erklärte man ihr, es ist immer dasselbe. Aber du musst deinen eigenen Ton finden. Einen Sound. Dann ist es neu. Wie ging das, einen Ton finden? War dies Stakkato von Kurzsätzen, die sie schrieb, ihr Sound?

Eigentlich, sagte sie im Einzelgespräch mit dem Dozenten, eigentlich möchte ich mal eine richtige Liebesgeschichte schreiben.

O, sagte er. Eine Liebesgeschichte.

Machte er sich lustig über sie?

Liebesgeschichten sind etwas für Anfänger oder extrem Fortgeschrittene, sagte er. Schon mal eine erlebt?

Klar, sagte Emma.

Sie wurde rot dabei. Sie konnte toll über Sex schreiben. Auch in ihrer Lyrik. Das war hoch erotisch, bestätigte man ihr. Und jetzt wurde sie rot.

Sie haben den Stoff, sagte der Dozent. Sie haben zweiundzwanzig Jahre Lebenserfahrung. Machen Sie etwas daraus! Das ist genug Stoff für mindestens sieben Romane.

Mir genügt einer, sagte sie.

Fangen Sie an! Schreiben Sie Ihre Liebesgeschichte! Aber bleiben Sie bei dem, was sie selbst erfahren haben!

Glaubte er etwa, sie habe das alles erfahren, was sie über Sex schrieb? Das war doch lächerlich. Nichts war weniger authentisch als Sex. Alle Welt turnte nach, was ihr auf allen Bildschirmen vorgeturnt wurde. Sollte sie ihm das sagen? Aber das musste der Dozent doch auch wissen. Es gab keine Authentizität mehr auf der

Welt. Genügte das? Wie schrieb man einen Roman über die Abwesenheit von Authentizität? Wie schrieb man authentisch darüber?

Kurz: Sie war verzweifelt, als sie in den Weihnachtsferien nach Hause kam. Spielte aber munter die junge Autorin. Ihr Vater war so von ihr angetan, dass er ihr die goldene Armbanduhr ihrer Großmutter zu Weihnachten schenkte. Es war eine wertvolle Uhr. Sie sah das ein. Es war eine Reverso, ein klassisches Teil aus einer alten und sehr teuren Schweizer Uhrenmanufaktur. Weltbekannt.

Meine Mutter hat immer gesagt, die sei für ihre erste Enkelin. Sie gehört dir.

Schön. Aber sie würde sie nicht tragen. Das passte nicht zu ihrem Lebensstil. Eine Uhr, die Tausende Euros wert war. Sie gefiel ihr auch nicht. Sehr retro. Aber nett von ihm. Netter Einfall. Erhöhte nur leider den Erwartungsdruck, der ohnehin auf ihr lastete.

Man kann das Zifferblatt umdrehen, sagte er, als sie sie höflich probierte. Deswegen Reverso.

Sie drehte das Zifferblatt um auf die Goldseite.

Wusstest du, dass hier etwas eingraviert ist, fragte sie. *Chateaubriand.* Was bedeutet das?

Keine Ahnung, sagte Christian. Vielleicht weiß mein Bruder das.

Aber Frederik war zurzeit im Skiurlaub, und so wichtig war es auch nicht.

Später am Abend googelte sie den Namen. Chateaubriand war ein Doppellendensteak aus der Mitte des Rinderfilets. Man genoss es mit Sauce Béarnaise. Dann gab es noch den Vicomte François-René de Chateaubriand, Jahrgang 1768, Dichter der frühen französischen Romantik. Sein Hauptwerk hatte den Titel *Mémoires d'outre-tombe*. Beides erschien ihr ohne jede Verbindung mit der Armbanduhr ihrer Großmutter.

In der Nacht wachte sie auf. Da war ein Gedanke, der hartnäckig in ihr Bewusstsein stach und ihr keine Ruhe zum Schlafen ließ. *Mémoires d'outre-tombe*, das hieß: Erinnerungen von jenseits des Grabes. Das Vermächtnis ihrer Großmutter. Schließlich stand sie auf, suchte in all ihren Taschen und fand den Stick. Sie fuhr ihr Notebook hoch, steckte ihn ein und probierte es. Chateaubriand war das Kennwort. Sie las bis zum Morgen.

Am ersten Weihnachtstag rief sie den Russen an. Sie hatte noch seine Nummer auf ihrem Smartphone.

Hier ist Emma, sagte sie.

Emma.

Er wusste sofort, wer sie war.

Lange nichts von dir gehört.

Was machst du so?, fragte sie.

Er habe jetzt einen Studienplatz für Medizin, sagte er. Nicht einfach. Er müsse viel lernen. Und lernen sei nie so sein Ding gewesen. Er mache immer noch Nachtdienst im Pflegeheim. Wenig Schlaf, viel Arbeit. Aber er brauche das Geld für sein Studium.

Du wirst bestimmt ein guter Arzt, sagte sie.

Und was machst du?, fragte er.

Sie erklärte es ihm.

Sie stecke gerade in einer Krise, sagte sie. Sie sprach das zum ersten Mal aus und wunderte sich darüber, dass sie es aussprechen konnte.

Ist doch normal, sagte er. Ist immer Krise. Irgendwie.

Weißt du, warum ich dich anrufe?, sagte sie.

Weil ich so ein netter Kerl bin? Hast du deswegen zwei Jahre nichts von dir hören lassen?

Du hättest auch mal anrufen können.

Der Ball lag in deinem Feld, sagte er.

Stimmt. Aber die Datei war verschlüsselt. Ich hatte das Kennwort nicht.

Und hast du's jetzt?

Ja, sagte sie. Können wir uns treffen?

Sofort?, fragte er.

Kannst du?

Klar, sagte er.

Das Bistro war geschlossen am Weihnachtstag. Er stand davor auf der Straße, als sie kam. Er trug einen schwarzen taillierten Mantel, und sie hatte wieder Mühe, das Bild von dem Pfleger, dem Todesengel der Nacht, in der ihre Großmutter gestorben war, mit seinem Erscheinungsbild in Einklang zu bringen. Er hatte sein Haar wachsen lassen und trug einen Zopf im Nacken.

Wow, sagte sie, steht dir gut.

Das Café, in dem sie landeten, war an diesem späten Weihnachtsvormittag leer bis auf ein paar alte Frauen, die sich vor der Einsamkeit ihrer Wohnungen hierher geflüchtet hatten.

Der Text war auf ihrem Tablet. Sie beugten sich beide darüber und lasen sich ihn abwechselnd vor. Eine Zeit lang las sie, dann las wieder er.

Sie saßen sehr nah zusammen, und ihre Schultern berührten sich. Auch ihre Hände berührten sich manchmal. Und sie betrachteten sich von der Seite beim Lesen. Studierten einander. Sie saßen Stunden so da. Die Leute an den anderen Tischen gingen und kamen. Die Bedienung gewöhnte sich ab, zu fragen, ob sie noch etwas bringen solle, und ließ sie in Ruhe. Der Nachmittag ging in den Abend über. Die Dunkelheit brach herein. Die Lampen auf den Tischen gingen an. Und sie lasen immer noch. Die letzten zwei Seiten las er, und sie hörte zu. Ihr gefiel seine Stimme. Der leicht fremde Singsang darin. Der Sound. Das war der Sound, der ihr gefiel. Aber es hatte nichts mit Literatur zu tun.

Sie sah auf den Tisch vor sich, als er geendet hatte, und weinte ein bisschen.

Das ist eine richtige Liebesgeschichte, sagte sie.

Das kannst du laut sagen.

Sowas möchte ich mal schreiben.

Musst du vielleicht erlebt haben, sagte er.

Das sagen sie in Leipzig auch. Aber ich will nicht warten, bis ich alt bin. Ich will es jetzt.

Sie sah ihm direkt in die Augen. Es kostete sie genauso viel Überwindung wie ihre Großmutter. Und sie erschrak genauso, als ihre Blicke sich trafen. Es war ernst. Er legte ihr die Hand in den Nacken und zog sie zu sich heran. In ihren Köpfen hallten die letzten Sätze der alten Geschichte nach.

Kannst du sofort haben, sagte er.

Ich bin immer noch da. Hab keine Angst. Ich besuche dich täglich. Ich sitze bei dir und halte deine Hand. Ich erzähle dir Dinge, für die du kein Interesse aufbringst. Aber ich will immer noch mit dir reden. Und manchmal antwortest du mir noch. Du scheinst nicht unglücklich zu sein, wo du jetzt bist, nur sehr weit weg. Die meisten, die ich hier sehe, sind Aufbegehrende. Dazu gehörst du nicht. Ich erinnere mich (ich erinnere mich an deiner Stelle, wenn du erlaubst), wie du sagtest, du wollest keine anstrengende Alte sein und du habest auch kein Recht dazu, weil dir das Leben nichts schuldig geblieben sei.

Ich merke an: Das Leben schuldet uns gar nichts, nicht einmal das Leben.

Du hast noch immer Gewohnheiten. Die Gewohnheit, freundlich zu sein, höflich und zuvorkommend. Wenn ich dein Zimmer betrete, sagst du zu mir: Nehmen Sie Platz. Es stört mich nicht, dass du Sie sagst. Als wir uns ineinander verliebten, haben wir auch lange Sie gesagt. Und hier muss ich dich immer aufs Neue verführen, bis du mir deine Hand überlässt. Deine Hände sind schön, sage ich zu dir. Du lachst und zeigst auf die Knoten, die du jetzt an allen Fingergelenken hast. Arthrose, sagst du. Manche Wörter kommen noch immer tadellos. Und ich kann dich noch immer zum Lachen bringen. Aber ich meine es ernst. Sie sind schön. Weißt du, warum? Weil es deine Hände sind.

Und du hast immer noch die Gewohnheit zu schreiben. Ich staune, wie tief sie in dir verwurzelt sein muss. Es ist schon lange nichts anderes mehr als *das verzogene Treusein einer Gewohnheit, der es bei uns gefiel, und so blieb sie und ging nicht.* Rilke. Du konntest einmal die erste Duineser Elegie auswendig. Ich bin nicht einmal sicher, dass du sie nicht mehr kannst. Irgendwo in dir sind sie noch da, die Gedichte, die du geliebt hast. Und die Sätze, die du schreiben willst und nicht mehr vollenden kannst.

Du öffnest dein Notebook. Du stellst es an. Es gibt nur noch diese eine Datei darauf, alles andere haben wir gelöscht. Du öffnest sie, gibst das Kennwort dafür ein, und dann versenkst du dich in den Text, den du findest.

Das Kennwort steht auf der Rückseite deiner Armbanduhr. Man kann das Zifferblatt drehen, und du trägst sie jetzt immer so, mit der Rückseite nach oben. Da steht es: *Chateaubriand*. Ich habe es dort eingravieren lassen. Du brauchst keine Uhrzeiten mehr. Der Tagesablauf ist hier sowieso regelmäßig und ohne dass du ihn noch selber gestalten kannst. Du brauchst nur noch das Kennwort, um in deine eigene Zeit zu gelangen. Das »Sesam, öffne dich« für dein Liebesgedächtnis, wie du es früher genannt hast. Und du brauchst keine Merkzettel mehr. In deiner alten Wohnung lagen sie überall herum. Dezember. Chateaubriand. Du musst nur auf dein Handgelenk schauen. Und die Buchstaben eingeben. Dann bist du in deinem Text.

Du liest darin. Du liest den Anfang. Du liest hier und da ein paar Sätze. Du suchst nach etwas. Und manchmal verzweifelst du, weil du nicht finden kannst, was du suchst. Mehrmals schon hast du im Zorn alles gelöscht, dem alten Zorn, der dich immer befallen hat, wenn dir etwas nicht gelang, und ich fand dich mit leerem Blick einen leeren Bildschirm anstarrend vor. Hab keine Angst. Es ist nichts verloren. Ich habe jedes Mal, wenn ich zu dir komme, eine Kopie dabei. Du glaubst doch nicht, dass ich zulasse, dass du dein Liebesgedächtnis verlierst? Es ist auch meins, und ich möchte es mit dir teilen, solange wir leben.

Du erkennst mich nicht mehr, aber wenn ich dein Zimmer betrete und sehe, wie du vor dem Notebook sitzst und in unserer alten Geschichte liest, dann weiß ich zwar nicht, was du denkst und ob du dich erinnerst, aber ich weiß, dass du immer noch nach mir auf der Suche bist.

So treffe ich dich häufig an, wenn ich komme. Du blickst nicht auf. Du hörst mich nicht, denn die Hörgeräte, die du früher trugst, willst du nicht mehr, seit du hier bist. Ich dränge sie dir nicht mehr auf, denn ich denke, du lebst hier friedlicher ohne. Ich lege dir die Hand auf den Arm. Störe ich, frage ich. Du blickst zu mir auf. Ich erkenne das Umherirren deiner Gedanken in deinem Blick, ihre verzweifelte Suche nach etwas, das ihnen Halt bietet, Orientierung.

Ich arbeite, sagst du.

Du versuchst, es zu Ende zu bringen, ich weiß. Aber es ist zu Ende, glaub mir das.

Wenn es so weit ist, hast du einmal gesagt, dann erinnere mich daran, dass ich dich liebe.

Hier bin ich. Ich erinnere dich jetzt daran.

Das ist der Schluss. Du brauchst nicht mehr danach zu suchen.

ISBN 978-3-86351-092-3

Lektorat: Petra Wägenbaur, Tübingen.
Umschlaggestaltung: Christiane Hemmerich
Konzeption und Gestaltung, Tübingen.
Herstellung: Horst Schmid, Mössingen.
Satz: Alexander Frank, Ammerbuch.
Gesetzt aus der Adobe Caslon Pro.
Druck und Einband: Pustet, Regensburg.

Mehr über das Verlagsprogramm von Klöpfer & Meyer
finden Sie unter: *www.kloepfer-meyer.de*

Les éditions H&O reçoivent le soutien
de la Région Languedoc-Roussillon

la Région
Languedoc
Roussillon